Terapia Celeste

Uma história sobre duas pessoas que tentam não se apaixonar

Marina Pacheco

Marina Pacheco

Tradução: Moema Sarrapio

Revisão e Edição: Júlia Pessôa

CONTENTS

1. Chapter 1   1

2. Chapter 2   12

3. Chapter 3   25

4. Chapter 4   40

5. Chapter 5   47

6. Chapter 6   56

7. Chapter 7   74

8. Chapter 8   87

9. Chapter 9   96

10. Chapter 10   114

11. Chapter 11   122

12. Chapter 12   129

13. Chapter 13   141

14. Chapter 14   154

15. Chapter 15   166

16. Chapter 16   182

17. Chapter 17   186

18. Chapter 18   199

19. Chapter 19   203

20. Chapter 20   217

21. Chapter 21   231

22. Chapter 22   240

23. Sobre a Autora   245

24. Outros livros de Marina Pacheco   246

1

— · —

"**J**AQUE!"

O grito cruzou o pub e ela viu Sarah do outro lado, acenando do meio de um grupo de colegas de trabalho.

Jaque abriu seu caminho através da densa multidão da noite de quinta-feira, já se arrependendo de ter aceitado aquele convite. Ela tinha reclamado da sua vida de solteira por mensagem algumas noites antes para Sarah, que estava prestes a se casar.

Minha festa de noivado vai ser ótima para você, ela respondeu. *Convidamos um monte de homens solteiros bonitos.*

Ela saberia. Ela se casaria com alguém com quem trabalhava. Ver sua melhor amiga se casar fez Jaque sentir que estava ficando para trás.

Um por um, todos que ela conhecia da escola se casaram. Mas enquanto Sarah permanecesse solteira, ela estaria bem. Agora, ela era a última no grupo de amigos.

Normalmente, ela não era influenciada pela pressão social, mas neste caso, acabou funcionando. E seu desespero só foi provado quando concordou em ir àquela festa, e agora era tarde demais para desistir.

"Pessoal, esta é Jaque, minha melhor amiga desde a escola primária, e em breve, minha madrinha."

"Oi", Jaque respondeu e acenou amplamente, para não deixar ninguém do grupo de fora do gesto.

Como esperado da equipe de uma agência de publicidade, todos pareciam na moda, metade era meio artística com seus cabelos coloridos, tatuagens e piercings, enquanto a outra metade vestia terno com gravatas afrouxadas. Eles tinham tomado uma área que incluía uma mesa onde a galera artística estava sentada. O resto estava ao redor de Sarah, que dizia seus nomes.

"Não se preocupe se você não conseguir se lembrar", disse uma mulher amigável com um piercing no nariz que havia sido apresentada como Liz. "Somos muitíssimos. Eu sou péssima com nomes. Provavelmente vou me esquecer do seu em cinco minutos."

"Acho que todos temos este problema", Jaque disse, embora fosse mentira dela.

Como uma boa policial, parte do esquadrão de delitos graves, ela nunca se esquecia do nome de ninguém. Não que ela fosse mencionar isso, ou falar sobre seu trabalho. Isso assustava as pessoas, especialmente os namorados potenciais.

"Venha, sente-se comigo!", Liz escorregou ao longo do banco de veludo vermelho desgastado, forçando o homem ao seu lado a fazer o mesmo. "Este é Simon. Ele é o melhor designer da nossa equipe, e vai substituir Sarah enquanto ela está em lua de mel."

Simon sorriu para ela educadamente, mas sem interesse. Tudo bem. Ela já o tinha dispensado da lista de namorados potenciais. Ele era bonito, olhos escuros, cílios longos e mechas um pouco longas de cabelos castanhos ondulado, mas bem magro. Magro até demais.

Isso fazia dele ou um desses homens obcecados por corrida ou gay. Na experiência dela, homens gays eram tão obcecados com o peso quanto mulheres. O estereótipo foi reforçado pelo fato de que ele estava segurando sua cerveja por muito tempo, porque ele só tinha tomado um terço e havia mais duas canecas alinhadas ao lado, enquanto o resto do grupo virava suas bebidas em grande estilo.

E tinha outra coisa: estava quente no pub, e mesmo assim, Simon usava uma camiseta de manga longa. Somente pessoas com cicatrizes nos braços fariam isso, enquanto o resto todo tinha dobrado as mangas e enxugava os rostos suados e vermelhos.

Jaque já tinha se deparado com um monte de viciados em drogas no seu trabalho. Clássicos usuários de mangas compridas. Talvez esse não fosse o problema de Simon, mas era outra mancha contra ele. Ela queria alguém que cumprisse a lei, alguém que sempre tivesse cumprido a lei.

Ela também tinha seus padrões, mesmo que estivesse desesperada. E era uma ótima qualidade conseguir eliminar pessoas imediatamente. Afinal, ela não tinha tempo a perder. Seu trabalho era muito exigente para ela se deixar distrair por um amor angustiado.

Ela precisava de algo limpo e simples, alguém que pudesse apoiá-la como ela iria apoiá-lo, alguém com quem ela pudesse ter uma conexão mental. Alguém bonito que ela pudesse exibir nas festas seria um bônus agradável.

"Então, diga-me, Jaque", disse Liz, usando a técnica de repetir o nome de alguém para se lembrar. "No que você trabalha?"

Droga, direto ao ponto. Entretanto, Jaque já tinha uma resposta padrão.

"Sou funcionária pública."

"E o que é isso exatamente?", Simon perguntou, para a surpresa de Jaque.

As pessoas raramente faziam perguntas complementares. Funcionalismo público soava tão entediante que a maioria das pessoas mudava de assunto.

"Você pode ser qualquer coisa, de enfermeira a agente secreta do governo", Simon continuou, como um interrogador que não deixaria barato.

"Nada empolgante como agente secreta do governo. Entretanto, eu não me importaria de receber o mesmo salário que eles."

"Acho que nenhum de nós!", disse Liz, com uma risada.

Jaque aproveitou o momento para desviar o olhar de Simon, o inquisidor, e mudar a direção da conversa para o casamento de Sarah. Liz ficou feliz com a mudança. Ela começou a falar sobre como tinha ficado surpresa quando soube que Sarah se casaria com Aaron, do time de vendas. Jaque subentendeu pelo tom provocativo e jocoso que a equipe de vendas era uma tribo diferente. Eles eram a parte que vestia terno do grupo, e não eram muito populares.

Entretanto, Aaron era adorado. Uma multidão o rodeava enquanto ele contava uma história sobre como ele perdeu um *drop kick* na última partida de rúgbi que jogou. Sarah estava agarrada no seu braço, gargalhando, o que causou uma onda de inveja irritadiça em Jaque.

Aaron era um partidão: alto, bem definido, loiro, extrovertido e ganhava muito dinheiro. Jaque estava perdendo sua melhor amiga para aquele monte de músculos. E ainda assim, ele era amigável o suficiente e ela tinha conseguido rebaixá-lo para o status de marido, e não precisaria vê-lo muito depois que eles se casassem.

Jaque pegou sua caneca de cerveja, murmurou alguma coisa sobre ir conversar com Sarah e correu de volta para o lado dela.

"Então, como distinguir os solteirões do resto?", Jaque perguntou no ouvido de Sarah.

Na experiência dela, não usar aliança não indicava nada. Sarah olhou ao redor, analisando a multidão.

"Eu te apresento. Nem olhe para estes três, para começar", ela disse, apontando discretamente para três homens, um deles era tão afeminado que tinha que ser gay, o outro era um asiático bonito e o terceiro era Simon.

"Todos gays?"

"Os dois primeiros, sim. Simon...", Sarah deu de ombros. "Ninguém sabe."

Aquele comentário soou tão estranho que aguçou a curiosidade de Jaque.

"Ele não parece se interessar por ninguém, homem ou mulher. Nós todos gostamos dele, e ele conversa com todo mundo. Ele também trabalha duro e nos ajuda nos projetos quando precisamos, mas é bem discreto."

Jaque deu um passo para o lado, tentando criar espaço, porque estava constantemente sendo cutucada pela bolsa de uma mulher que estava nas suas costas.

"Discreto? Em que sentido?"

Os instintos de detetive de Jaque sempre apitavam quando ela ouvia histórias de esquisitões. Ela passava a se perguntar o que eles estavam tramando.

"Não namorar ninguém, eu acho, ou se interessar por alguém...", Sarah disse enquanto tomava um gole meditativo de cerveja e encarava Simon, conversando com um cara jovem e loiro que tinha mechas verdes nos cabelos, do outro lado de Liz.

"E ele socializa, mas só até um certo ponto. Ele é sempre o primeiro a ir embora. Ele pede uma rodada de bebidas e vai embora, sem terminar as canecas que se acumulam na frente dele. Chamamos o fenômeno de Bônus Simon. Compartilhamos o que ele pede com quem ainda está por perto. E ele age da mesma forma no trabalho. Ele vai embora na hora. Acho que ele nunca fez hora extra na vida. E ele não gosta de ficar sozinho com ninguém. Ele sai em grupos, mas se o grupo diminui, ele vai embora. Nunca o vi nem almoçar só com uma pessoa. É ou um grupo ou nada."

"Hm, que incomum", mas já que Jaque não conseguiu achar nenhum ângulo criminoso naquele comportamento, ela perdeu o interesse. "Ok, então vamos conhecer os que ainda estão disponíveis."

"Artistas ou materialistas?", Sarah disse com uma risada enquanto gesticulava com uma mão, abrangendo a multidão.

"Que diferença faz?", Jaque perguntou, mas pensou um pouco na resposta enquanto encarava Aaron de cima a baixo.

Ele era muito bem desenhado, bonito mesmo. Seus colegas eram parecidos, homens que passavam o horário de almoço na academia. Todos com seus cortes de cabelo bem curtos e sinais sutis de dinheiro, como relógios de marca, e o cara mais moreno usando um anel de sinete.

"Sempre achei que fosse acabar com alguém artístico como eu", disse Sarah quando Aaron escorregou um braço ao redor da cintura dela, ainda conversando com seus colegas. "Mas os caras das vendas ganham comissão, então eles têm um salário básico que pode ser dobrado em um mês bom."

"Não sabia que você era tão materialista", Jaque disse, bem consciente de que dinheiro não atraia Sarah.

"Amor à primeira vista", Sarah disse enquanto se inclinava para beijar a bochecha de Aaron.

Ele se virou e deu-lhe um beijo muito mais longo nos lábios, que fez todos os seus amigos do sexo masculino darem um rugido, metade de aprovação, metade demandando que eles parassem. Jaque simpatizou. Foi bizarro assistir a um casal tão amado.

"Converse com Rob", Aaron disse, sorrindo para Jaque por cima do ombro de Sarah. "Ele disse que você está em forma."

Jaque não se entusiasmou ao saber que tinha sido parte da conversa dos caras, mas ela supôs que era justo se eles também estivessem querendo conhecer alguém.

"Ele", Sarah disse apontando para o cara usando o anel de sinete.

Ela também revirou os olhos, um aviso para Jaque, mas como Rob estava caminhando na direção deles, Jaque fechou o cerco e disse: "Quer tomar um ar?"

"Você fuma?", ele perguntou enquanto pegava um maço de cigarros do bolso e abria caminho por entre a multidão na direção das portas.

"Não", Jaque disse quando eles chegaram do lado de fora e se juntaram às pessoas que lá estavam, com uma caneca de chope em uma mão e um cigarro na outra.

Como fumar dentro de locais fechados havia sido proibido, os fumantes agora eram relegados ao lado de fora. Tudo bem para um dia fresco de primavera, mas não para o inverno molhado e com muito vento.

"Comecei aos treze anos", disse Rob, batendo o maço de cigarros até um cigarro sair o suficiente para ele puxar. "Se eu pudesse voltar no tempo e me dar um conselho, seria: não comece."

"Então você já tentou parar?"

O pai de Jaque era fumante, então ela estava acostumada, apesar de preferir que seu parceiro de vida não fumasse.

"Centenas de vezes", disse Rob, e Jaque decidiu que ele tinha uma voz bonita, apesar do sotaque muito londrino. Talvez aquela noite não tivesse sido uma completa perda de tempo.

Simon saiu do pub com uma sensação de alívio. Quanto mais bêbada Liz ficava, mais amistosa ela agia. Isso tornou as coisas estranhas.

A amiga de Sarah, dama de honra ou algo que o valha, também era estranha. Ela era atraente, cabelos castanhos lisos amarrados, deixando o rosto em evidência, mas com uma franja que emoldurava e suavizava o olhar que era estilo japonês. E ela estava em forma. Havia músculos tonificados sob seu vestido cinza drapeado. Mas a maneira como ela olhava para ele era inquietante.

Parecia que ela estava vendo demais, o que o lembrava da polícia. Isso trouxe à tona todos os tipos de memórias que ele tentou manter enterradas. Ele olhou em volta. Hora de ir para casa, mas qual seria o melhor caminho?

Atravessar a Tower Bridge para pegar o trem para Docklands, ele decidiu, após um momento de reflexão.

A rota toda havia sido equipada com circuito de câmera porque até Docklands a área era privilegiada para socialização e turistas. Pelo menos o prefeito de Londres estava interessado em manter os turistas seguros.

Simon comprou seu apartamento com base em dois critérios: proximidade com o transporte público e índice de criminalidade. O mapa de crimes on-line era uma ferramenta realmente útil para delimitar os lugares mais seguros para se viver.

Seu apartamento ficava em uma área de criminalidade baixa por dois motivos: o primeiro era o grande número de câmeras ligadas em circuito nas áreas ao redor. O segundo era a delegacia de polícia que ficava a três quadras. Criminosos evitavam delegacias. Havia muitos oficiais frequentando as lojas, pubs e cafés dos arredores. Ou apenas caminhando pela vizinhança.

Entretanto, o bairro serviu para Simon porque ele tinha que ser muito cuidadoso com tudo. Sua forma de viver, as coisas que ele fazia e como interagia com as pessoas. Sua história deixava alguns tipos de trabalho totalmente fora do alcance: nada de ser professor, nada de trabalhar com o público, nada que o deixasse sozinho com outra pessoa.

Felizmente, ele era bom com artes e tinha frequentado um curso de design financiado pela caridade. Então um trabalho em uma agência de publicidade cujo escritório era um salão compartilhado caiu como uma luva. Mas mesmo lá, ele precisava manter uma certa distância das pessoas, o que o fez recusar uma vaga de gerente.

Ele não se dava bem com pessoas. Esse era um motivo. Ele também sofria para ler e gerentes precisavam preencher uma papelada muito maior—embora ele pudesse encontrar um subordinado para fazer essa parte.

O argumento decisivo foi o fato de que gerentes tinham reuniões individuais com a equipe, e ele não queria arriscar.

Simon estava agora caminhando pelo crepúsculo e respirou o ar frio profundamente. Ele gostava de andar. Talvez porque ele tivesse sido um prisioneiro em sua própria casa até os quatorze anos... ele cruzou a Tower Bridge e sentiu o vento forte do Tâmisa varrer todo o seu stress.

Era sempre uma vista magnífica e fora do comum. Ele parou no meio da ponte e olhou para o rio. O Tâmisa se esticava de forma profunda, verde e ondulado até a linha azul pálida onde se encontrava com o céu. Acima dela, o céu escurecia com pinceladas quase translúcidas de nuvens fofas cujos últimos raios de sol manchavam de laranja. Estava muito escuro para tirar uma foto, mas ele gravou a combinação de cores na memória.

Ele gostava do céu. Era grande, e amplo, e aberto, e dava a ele uma sensação de paz. Ele nunca se cansava de admirá-lo, e passava a maior parte do seu tempo livre pintando o céu e toda a sua variedade.

Ele respirou profundamente de forma satisfatória pela última vez, e continuou andando para pegar o trem. Faltava uma única linha e dez paradas antes de ele chegar em casa. E então uma caminhada por uma rodovia bem iluminada e fortemente vigiada até chegar no seu apartamento.

Ele morava no último andar, deliberadamente, porque tinha uma visão melhor do céu de lá. O prédio era velho e não tinha elevador. Quando ele estava cansado como hoje e sem bateria social, os quatro andares pareciam uma eternidade.

Assim que ele cruzou sua porta, o sistema de gravação automático ligou. Ele conferiu se ninguém tinha aparecido enquanto ele estava fora. Nunca tinha acontecido, mas era melhor ser cuidadoso.

Ninguém além dele tinha entrado naquele apartamento. Ele mandou decorar tudo antes de se mudar, para não precisar dividir o espaço com ninguém.

Simon preparou uma xícara de chá, acrescentando dois pedaços de gengibre cristalizado como de costume, e se sentou no sofá com um suspiro aliviado. Era bom estar em casa. Ele tomou um primeiro gole enquanto examinava seu quadro de nuvens mais recente e quase completo no cavalete do outro lado do cômodo, mentalizando o que ainda precisava ser feito: basicamente só os destaques das bordas das nuvens fofas.

Então ele considerou aquela mulher. Ele demorou um momento para se lembrar do nome dela, mas finalmente conseguiu: Jaque. Talvez ele tenha guardado pelo fato de ser um nome estranho para uma mulher.

A outra opção era ele estar atraído por ela. E isso o deixava nervoso. Mas ele era humano, afinal de contas, e já tinha mais de trinta anos. Então era normal ele se sentir atraído por uma mulher. Ele precisava se lembrar disso o tempo todo.

Estar fascinado por uma mulher não era uma perversão doentia. Mesmo assim, ainda bem que ele não a veria novamente. Era melhor evitar qualquer tentação que o deixasse, ao mesmo tempo, em um tumulto de desejo e uma poderosa repulsa nauseante.

2

— · —

"Certo, pessoal", o Inspetor-chefe, Detetive Morris, gritou, cortando o burburinho da sala. "Temos uma pessoa desaparecida."

"Ah, que ótimo!", Jaque disse, colocando a bolsa de volta na mesa. Ela tinha acabado de enfiar os óculos e o celular dentro dela para ir embora. "Sempre acontece no final de domingo."

"Esta é Elizabeth Chadwick", Detetive Morris disse, passando para a esquerda no quadro branco interativo e fazendo uma foto grande de uma mulher com um piercing no nariz aparecer. "Ela está desaparecida faz 38 horas. A polícia militar não conseguiu encontrá-la, então passaram o caso para nós. Precisamos nos atualizar sobre o caso. Dividam-se nos seus três times de costume."

A unidade começou a se mover de forma sincronizada e cada time assumiu uma seção particular da busca.

"Ficamos com o de sempre, amigos e conhecidos", Darren Jones, parceiro sênior de Jaque disse, enquanto os dois abriam a pasta do caso no computador. "Mas vamos ler os detalhes primeiro."

"Elizabeth Chadwick?", Jaque examinou a fotografia e os detalhes pessoas da mulher desaparecida de novo. "Ela me parece familiar."

"Você a conhece, Burnham?"

Darren era um detetive muito bom e teria sido o parceiro de vida ideal para Jaque, considerando esta perspectiva. Mas infelizmente, ele era muito bem casado. Além disso, velho demais e não fazia o tipo físico dela. Odiando-se por isso, Jaque não conseguia ignorar a acne, o nariz torto e os cabelos ruivos quase translúcidos que ele mantinha em um corte militar.

Jaque correu os olhos pelas informações da pessoa desaparecida e leu seu local de trabalho, London Marketing.

"É claro!", ela disse, estalando os dedos.

"Então você a conhece?"

"Eu a conheci quinta-feira, em um pub. Ela é colega de trabalho de Sarah."

"Ah, não é uma conexão muito próxima que te faça deixar o caso, mas precisamos colocar isso nas anotações."

"Merda!", Jaque disse balançando a cabeça. "Ela parecia uma mulher legal."

"Vamos ter esperança de encontrá-la", Darren passou pelas páginas de informações que a polícia militar já tinha reunido. "Faz 38 horas que ela desapareceu. Isso não é bom. Sua mãe reportou o desaparecimento. Elas moram juntas, e Liz saiu no sábado para ver o namorado e não voltou. O time um vai cuidar dele. Sua mãe só se deu conta de que ela não estava em casa quando acordou hoje de manhã. Os PMs já conferiram todos os hospitais entre o pub e a casa dela. As câmeras de vigilância mostram que ela fez esse trajeto."

"Este trajeto?", Jaque percorreu o documento com os olhos até chegar no mesmo lugar que ele. "Na direção da estação? Você acha que ela estava sendo seguida?"

"Pelo circuito de câmeras não parece, mas se ela sentiu que estava sendo seguida, ir na direção de uma delegacia seria sensato. E sabemos que alguns perseguidores são muito bons em evitar câmeras."

"Sim."

Jaque leu o resto das informações, amigos e familiares... o caso envolveria mais interrogatórios de casa em casa, embora a polícia local já tivesse começado a fazer isso e anexado suas anotações ao caso. Depois de olhar minuciosamente os documentos, Jaque consultou a lista que eles fizeram de delinquentes locais conhecidos e endereços de colegas. "Olhe só!", ela disse depois de algumas horas, tocando em um endereço na tela. "Jasmine Road, bem perto de onde Liz foi vista pela última vez.

"E quem é esse?"

"Um dos seus colegas. Simon White. Também nos conhecemos na quinta. Ele é meio estranho."

"Que tipo de estranho?", Darren perguntou, com os dedos tocando a tela do seu tablet, puxando as informações criminais de Simon White.

"Não consigo apontar exatamente que tipo."

"Meio bizarro?"

"Meio tipo... supervigilante. Que não deixa as coisas passarem despercebidas. Ele também estava sentado perto de Liz na quinta, embora tenha deixado o local algumas horas antes da festa acabar."

"Vale uma visita", disse Darren, e enfiou o tablet na sua maleta. "Não encontrei nada na ficha dele inicialmente, mas vale a pena continuar verificando de agora em diante."

"Sim, vamos lá. Notificarei o time que vai interrogar o resto dos colegas de trabalho, assim não duplicamos. Vou pedir a Amber que procure informações mais detalhadas sobre este Simon White enquanto isso."

———

A campainha assustou Simon, e ele percebeu que tinha cochilado. Seu iPad estava deitado na mesa de jantar, a série que ele estava assistindo ainda estava rolando na tela. Ele chegou a pausar com a mão tremendo, enquanto a campainha tocava novamente.

Seu coração já disparado disparou ainda mais quando ele percebeu que eram nove da noite. Tarde demais para uma entrega, especialmente em um domingo. Não que ele estivesse esperando uma, mas entregas eram a única razão para alguém estar à sua porta.

A campainha soou novamente, insistente, uma, duas, três vezes. Talvez fosse incêndio. Mas os detectores de fumaça—

Campainha de novo. Ele correu para a porta. Ele deveria ter checado o interfone, mas estava tão assustado que apenas abriu a porta.

Sua respiração pausou. Polícia! Dois oficiais civis na porta, dois militares atrás deles. "Simon White?", a mulher perguntou. "Sou a Detetive Inspetora Burnham, do Esquadrão de Crimes Violentos", ela disse, mostrando o distintivo.

Ela entregou o mandado para ele ler rapidamente. Não que seu cérebro fosse capaz de processar alguma coisa. E como se a situação não estivesse estranha o suficiente, ela parecia familiar, mas Simon não conseguia entender o motivo.

"Sim?"

Ele mal conseguia falar. Seu coração acelerou e ele agarrou a lateral da porta com força para impedir sua mão de tremer.

"Gostaríamos de fazer algumas perguntas, se você não se importar?"

"S... sobre o que?"

"Senhor White, você conhece Elizabeth Chadwick, não conhece?"

"Liz?", Simon tentou entender e se controlar. "O que aconteceu com ela?"

"Por que algo aconteceria com a Senhorita Chadwick?", o oficial perguntou, um grande homem musculoso com o nariz torto de um boxeador.

"Por que mais vocês estariam aqui?", Simon disse com dificuldade, porque sua boca secou.

"Receio que a Senhorita Chadwick tenha desaparecido—"

A boca da detetive continuou se movendo e Simon sabia que ela estava falando, mas não conseguia assimilar. Por Deus, o que estava acontecendo?

"—então gostaríamos que o senhor nos deixasse entrar e checar sua casa."

Simon piscou para ela, no limite do pânico, mas tentando não demonstrar. Ela sorriu de volta, um sorriso inexpressivo, profissional, do tipo que diz 'estamos esperando'.

"Conheço você ele murmurou, tentando reorganizar sua mente fragmentada.

"Sim, sou a Detetive Inspetora Jaque Burnham,", ela disse, enfatizando o Jaz. "Nós nos conhecemos na festa de noivado da Sarah. Agora, o senhor vai nos deixar entrar ou precisamos de um mandado de busca?"

Simon hesitou por meio segundo, mas Liz estava desaparecida, e ele faria o que fosse necessário para ajudar a polícia a encontrá-la. Então ele deu um passo para a esquerda, abrindo a porta para deixá-los entrar.

"Obrigada", disse detetive Burnham, e ambos entraram no apartamento enquanto os policiais militares tomaram suas posições dos dois lados da porta. "Enquanto olhamos, você se importa de responder algumas perguntas?"

Não foi a primeira vez na vida de Simon que a polícia entrou na sua casa, apesar de a última vez ter sido quando ele era bem mais novo, na casa de seu pai, e ele havia se escondido enquanto eles entravam. Estranhamente, mesmo desta vez tudo acontecendo mais discretamente, parecia tão traumatizante quanto.

Ainda assim, ele fez o que foi pedido. Agora que eles estavam ali, sua melhor aposta, e a de Liz, era acabar com isso o mais rápido possível.

"Você pode nos dizer, por favor, quando foi que viu a Senhorita Chadwick pela última vez?"

"Quinta-feira à noite, na festa", Simon olhou para fora da sua porta da frente, para a varanda que se esticava ao longo do bloco de apartamentos. Vizinhos tinham aparecido, alguns deles espiando pela fresta da porta, outros mais diretamente encarando do lado de fora, assistindo ao show.

"Você não a viu desde então?", D.I. Burnham perguntou, enquanto mexia um dedo indicando que ele deveria segui-la pelo apartamento.

"Não. Não a vi."

Enquanto isso, o parceiro dela tinha se direcionado para a porta do quarto que estava fechada.

"Que cômodo é esse?", ele perguntou.

"Quarto", Simon respondeu.

"Você pode abrir a porta, por gentileza?", o homem pediu.

Para Simon, era uma intrusão ainda maior ele ter que abrir a porta ele mesmo, como uma vítima dando um tapa na própria cara. Mas ele fez o que lhe foi pedido e abriu a porta.

"E você?", Burnham continuou, enquanto Simon se afastava para dar espaço ao grande policial que entrava no seu quarto. "O que você fez depois que saiu da festa?"

"Vim direto para casa."

"Alguém pode corroborar este fato?", Burnham disse, pegando um par de luvas azuis brilhantes de látex de um pacote selado e as calçando.

"Tenho um sistema de segurança", Simon quase não conseguia falar. A situação estava ficando cada vez pior. "Os vídeos têm o dia e o horário."

"Sistema de segurança doméstico?", D.I. Burnham parou com a segunda luva de látex na metade da mão. Ela parecia estar pensando que isso era uma coisa muito estranha. "E o resto do fim de semana?"

"Fiquei em casa."

"O fim de semana todo?"

"Sim."

"Você não saiu mais?"

"Não."

"Certo, por favor, abra esta porta também", Burnham disse, indicando o banheiro. Ele tinha ficado tão chocado que até esse momento tinha feito tudo sem pensar. Mas agora estava arrependido.

Ele lembrou-se tardiamente do conselho que Cara de Rato tinha dado a todos na Instituição para Jovens Infratores. Cara de Rato porque ele tinha um conjunto bastante proeminente de dentes da frente, embora Simon sempre tenha pensado que ele se parecia mais com um rato com seus óculos grandes e redondos. Ele tinha sido o gênio local porque, ao contrário da maioria deles, ele sabia ler e escrever muito bem e tinha passado sua vida com o nariz em um livro.

Ele sempre disse que não importava se eles estavam certos ou errados, eles deveriam dizer o mínimo possível para a polícia e bloquear o que eles tentassem fazer.

"Porque eles vão tentar te encaixar na história. Eles decidem quem é o culpado primeiro e então encontram evidências que provem. Ou plantam", ele acrescentava, sombriamente.

"Obrigada pela sua cooperação. Agora por favor, aguarde aqui com os oficiais", disse Burnham, apontando para os policiais militares.

Simon piscou para ela, percebendo que ele tinha perdido o foco. Ela esperou até ele acenar, concordando, antes de se aproximar para examinar seu banheiro mais minuciosamente. Era tarde demais para elepará-la. Então, contra tudo o que ele tinha aprendido com Cara de Rato, ele permaneceu na porta, assistindo, para o caso de eles tentarem forjar alguma prova contra ele.

Jaque foi atingida pelo pensamento de que Simon White estava mais nervoso do que a maioria. Ele ficou branco feito papel quando viu os policiais na sua porta, mas isso era esperado. Raramente a presença da polícia era um bom sinal.

Mas ele ainda precisava se acalmar. Suas mãos fortemente unidas estavam tremendo e ele parecia sem foco. Ele parecia tão petrificado que não conseguia nem se concentrar enquanto seus olhos flutuavam entre ela, Darren e voltavam para ela.

"Alguma sorte?", Darren perguntou quando Jaque voltou a procurar no cesto de roupas sujas.

Jaque sacudiu a cabeça.

"Você encontrou o sistema de segurança dele?"

"Sim, está conectado ao computador. Vamos ver se conseguimos levá-lo conosco. Além disso, nem sinal da mulher, mas acho que seria querer demais. Não há sinais de outra pessoa ou de luta por aqui. o lugar é imaculado."

Isso era verdade, Jaque pensou, enquanto seu olhar passava pelo cômodo aberto moderno do estúdio. Havia uma cozinha do lado direito e uma mesa de jantar do lado esquerdo, uma sala de estar no final do cômodo, e janelas industriais que iam do chão ao teto. O resto era revestido de painéis de madeira, madeira de meados do século e móveis revestidos de veludo verde-oliva e um conjunto de três pinturas gigantes de nuvens cortando os céus.

"Parece um apartamento saído direto de uma revista de decoração. Talvez ele seja gay", disse Jaque, olhando de volta para o quarto e correndo os olhos pela cama perfeitamente arrumada.

Darren deu uma risada cínica e disse: "Minha Brenda mataria para ter uma casa decorada assim, apesar de que a dela seria muito mais cheia com bugigangas. Eu queria que ela fosse mais minimalista."

Jaque riu. Ela era bem familiarizada com a paixão da esposa de Darren por decoração de interiores.

Agora ela se dirigia à cozinha para revistar os armários. Poderia ser revelador o que um suspeito tinha nos seus armários. Cozinhas eram geralmente usadas como esconderijos para todo tipo de coisa, de drogas a chaves a armas. Geralmente misturadas a coisas mais inocentes como farinha ou açúcar.

A cozinha de Simon White era tão minimalista quanto o resto do apartamento. Ele tinha uma pilha pequena de pratos, poucos talheres e quase comida nenhuma. Havia leite e pão na geladeira e uma caixa de chás no armário em cima da chaleira, além de quatro pacotes de frutas secas, uma maçã, uma pera, uma manga e meio pacote de gengibre cristalizado. Tudo pequeno demais para esconder qualquer outra coisa. Não havia farinha, açúcar, pacotes de macarrão, latas de molho ou qualquer outro detrito que a maioria das pessoas guarda na cozinha.

"Isso faz parecer que ele nem mora aqui", Jaque disse e estava prestes a acrescentar mais coisas, mas seu telefone tocou.

"Sim, Amber?"

"Chefe, acho que achei uma coisa estranha."

"Ok, um segundo."

Jaque empurrou Darren para dentro do quarto, fechou a porta, e colocou o telefone no viva-voz. "Este Simon

White de quem vocês me pediram mais informações... tudo parecia tudo normal, sem ficha criminal, sem nem mesmo a proverbial multa de estacionamento. Mas parece que o seu cara deve ter mudado de nome porque está no programa de proteção de testemunhas."

"Sério? Quando?", Jaque perguntou, olhando para Darren com uma expressão que dizia 'veja bem o que temos aqui...'

"Difícil dizer, mas não há registros dele de antes de quinze anos atrás. Nada muito óbvio, apesar de Simon White ser um nome bem comum."

"Ok, valeu, continue procurando e me avise se encontrar mais alguma coisa."

"Pode deixar", Amber respondeu e desligou a chamada.

"Bem, o que você acha disso?", Jaque disse, inclinando a cabeça na direção de Darren.

"Tênue, as pessoas ficam na proteção de testemunhas por muitas razões, e eu estou supondo que ele tenha tipo trinta anos, então se ele mudou seu nome há muito tempo, foi provavelmente por causa de algo que aconteceu quando ele era criança."

"Mas o que?", Jaque disse enquanto analisava o quarto minimalista, com outro par de pinturas do céu e as mesmas janelas do chão ao teto. "Se foi um crime sexual, pode ser relevante."

"Não é muito para continuar...", disse Darren. "Liz Chadwick foi vista pela última vez perto de sua casa. Ele pode ter ficha policial e é colega de trabalho de uma mulher desaparecida."

"Ele está supernervoso e seu apartamento está anormalmente limpo."

"Algumas pessoas são apenas malucas por limpeza."

"Acho que devemos detê-lo, por via das dúvidas", a polícia era injusta e dura, mas havia uma razão para isso, principalmente porque eles estavam tentando proteger os fracos e os vulneráveis ou obter justiça. Às vezes, isso os impedia de mostrar compaixão por potenciais suspeitos. "Precisamos mantê-lo onde possamos vê-lo, e onde ele não possa tentar uma contenção de danos ou simplesmente desaparecer."

"Precisa ser voluntário. Se você conseguir convencê-lo a vir para a delegacia, eu vou junto com ele."

"Tudo bem", disse Jaque e voltou para Simon. "Sr. White, gostaríamos que viesse à delegacia para responder a algumas perguntas, também gostaríamos que nos deixasse levar suas gravações de segurança e todas as suas roupas sujas para análise forense."

Foi um tiro no escuro. Sem um mandado, Simon White estava no seu direito de dizer a ela para ir para o inferno e colocá-los para fora.

Ele olhou para cima, pálido e trêmulo.

"Eu não fiz nada. Vocês estão perdendo seu tempo e o de Liz me investigando assim."

"Mesmo assim, senhor."

Simon White a encarou aparentemente inexpressivo, mas com a cabeça cheia de pensamentos. Ela prendeu a respiração, esperando que ele a mandasse para o inferno.

Mas no final, ele pareceu aceitar a derrota, deu de ombros e disse: "Façam o que quiserem."

"Obrigada. Por aqui, senhor."

Manter a educação nunca doeu. Às vezes, Jaque ficava realmente irritada por ter que fazer isso quando tinha acabado de prender alguém sabidamente culpado, mas não era o caso. Então ela manteve suas expressões neutras. Ela não queria dar nenhum indício sobre achar Simon White inocente ou culpado.

3

--- · ---

APESAR DA DISTÂNCIA ENTRE a casa e a delegacia ser de apenas três quarteirões, eles dirigiram de volta.

"Se o senhor não se importar...", Jaque disse enquanto guiava White pela delegacia e passava pelos bêbados argumentando e gritando com o sargento que estava na recepção, "...gostaríamos que nosso médico legista o examinasse."

"O que?", White perguntou, perplexo.

"É para o seu próprio benefício e proteção, senhor", Jaque disse, dando um sorriso que dizia 'tudo bem, não precisa se preocupar'. "Se não houver arranhões ou marcas no seu corpo, será um ponto em seu favor."

White parecia não entender.

"Só vai demorar um momento", Jaque disse e para sua surpresa, ele assentiu.

Então ela o guiou até o cubículo do legista da delegacia.

"Ele é muito dócil, não é?", Darren disse quando Jaque voltou para a sua mesa.

Jaque assentiu, notando que eles eram o único time que tinha voltado, e que Amber estava fazendo qualquer coisa no seu próprio computador. "Mas ele também está muito assustado. Dá para ver que ele está tremendo, e sua expressão... como se ele não estivesse bem."

"Assustado demais. Vi muitas pessoas inocentes com medo de serem enquadradas. Vi pessoas culpadas chorando porque foram pegas, mas este cara está genuinamente apavorado, só não consigo entender o motivo: se ele é inocente ou culpado."

"Eu também não", Jaque disse, acrescentando as novas informações do caso no banco de dados do time antes de conferir outras informações acrescentadas pelos outros times. Não havia muita coisa, então ela ficou feliz quando o legista se aproximou.

"Alguma coisa? Arranhões, machucados... algo que o implique em uma briga?"

"Nem um corte de gilete", o médico disse. "Mas este homem enfrentou seus próprios dragões. Parece que ele tentou cortar os pulsos pelo menos uma vez no passado, talvez duas. Ele também foi vítima de violência, provavelmente doméstica. Ele tem marcas de queimados de cigarro pelo corpo todo."

"Não foi automutilação?"

"Pelo menos não as das costas dele, e nada recente."

"Ok, então vamos colocá-lo na sala de entrevistas e deixá-lo esperando um pouco."

"Ok", Jaque disse e seguiu o médico de volta ao seu cubículo, de onde Simon White emergiu, com as roupas perfeitamente recolocadas. Ele era definitivamente um homem organizado. "Agora, se você não se importa, Senhor White, gostaríamos que você respondesse algumas perguntas."

"Ah... ok", Simon disse, olhando desesperançoso para ela.

Pelo menos ele ainda estava cooperando.

Jaque levou Simon para uma sala de interrogatório cinza, inexpressiva e à prova de som, e disse: "Vou pedir a alguém que te prepare uma xícara de chá. Foi uma noite longa, afinal. Vai ser só um segundo", fechando a porta na sua cara antes que ele pudesse argumentar.

Então Jaque correu para a próxima porta, onde Darren já estava assistindo White pelo espelho. Era útil entender o estado mental da pessoa que eles iriam entrevistar e, com Simon, tentar descobrir o motivo do seu nervosismo.

Algumas pessoas eram arrogantes e metidas, e caminhavam pela sala, se olhando no espelho. A maioria ficava na cadeira, olhando ao redor. Simon estava despencado na cadeira. Seu rosto descansava sobre seu peito, então seu semblante não estava visível. Ele segurava uma mão com a outra no seu colo, e sua perna direita pulava incessantemente.

"Sim, assustado para caralho", Darren disse.

Um policial militar entrou na sala de entrevista e colocou um copo de papel cheio de chá preto, e um sachê de leite e um de açúcar na frente dele, e saiu. Simon nem olhou para o chá, nem fez movimento algum para tomá-lo.

"Ok, vamos cavar mais", Jaque disse e voltou para o escritório aberto.

Era uma tática cruel deixar alguém de molho, mas era efetiva. Dava tempo para as pessoas considerarem o que fazer a seguir, o que divulgar e o que manter secreto, e o que dizer para se livrarem da situação. Então, quando um policial se sentava do outro lado da pessoa, eles acabavam desembuchando. Eles podiam até acreditar que estavam sendo espertos, mas geralmente acabavam falando mais do que deviam.

"Encontrei uma coisa", disse Amber, puxando uma cadeira do outro lado da mesa, sentando-se com Jaque à sua esquerda e Darren à sua direita. "Seu cara mudou de nome quando ainda era adolescente. Acontece que o nome dele é Adrian Black, e ele tem uma ficha e tanto."

Amber estava sorrindo como quem acaba de encontrar uma mina de ouro.

"Adrian Black? Esse nome deveria significar alguma coisa?", Jaque perguntou.

"Talvez não, mas tenho certeza de que vocês se lembram do Doutor Gregory Black."

Não demorou nem um segundo para Jaque se lembrar.

"O serial killer!", Jaque respondeu e olhou para Darren que estava atônito.

"Ele é filho dele."

"Gregory Black não usava o filho para atrair as mulheres que ele matava?", Darren perguntou.

"Sim", Jaque respondeu. "Ele fingia que o filho tinha sofrido um acidente de carro, e então eles sequestravam as mulheres que se prontificavam a ajudar. Elas eram agredidas e mortas. Não consigo acreditar que o filho de Gregory Black, o serial killer mais prolífico do centro do país, está sentado na nossa sala de interrogatório."

"Isso explica o nervosismo dele, finalmente!", Darren disse. "Eu também não ia querer que ninguém descobrisse se tivesse um passado assim."

"Ele tem ficha criminal por isso?"

"Foi um processo de concurso de pessoas", Amber disse, procurando a informação nas suas anotações. "Mas porque ele só tinha quatorze anos, e foi testemunha contra o pai, além de vítima de abuso, eles só o enviaram para um centro de detenção juvenil por três anos."

"E depois disso, nada?", Darren perguntou.

"Completamente limpo, chefe."

"Ou apenas muito cuidadoso", disse Jaque. "Afinal de contas, o pai dele conseguiu matar mulheres por quatro anos. Quem sabe o que o filho aprendeu?"

"Eu sei que você está bancando o advogado do diabo, Burnham, mas talvez isso seja um pouco demais."

"O que precisamos é de alguém que nos diga que tipo de pessoa Simon White é."

"Enquanto você descobre, vou conferir a lista de agressores sexuais locais e ver quem visitaremos a seguir", Jaque assentiu e pensou um pouco. Estava tarde, eram duas da manhã, mas havia alguém que poderia ajudar. Ela acessou o banco de dados com os telefones de todos os diretores de prisão e fez uma ligação.

"Você sabe que horas são?", uma voz irritada disse ao telefone. "É melhor isso ser uma emergência."

"Desculpa incomodá-la, Diretora Strange, mas temos um caso de desaparecimento de uma mulher. E Simon White, ou Adrian Black, está aqui sob custódia."

"Simon?", Diretora Strange respondeu e ela pareceu de fato surpresa.

"Não preciso dos detalhes dos crimes dele, só queria saber se, na sua opinião, Simon ou Adrian cometeria crimes similares aos do pai?"

"Você está pensando na ideia de o oprimido virar opressor?", a diretora perguntou e pareceu ainda mais cansada. "Eu diria que é improvável. Os jovens que vêm para esta unidade se encaixam em duas categorias: os que viram criminosos pelo resto da vida, e aqueles cujas experiências os inoculam contra aquela vida e eles se endireitam. Especialmente porque neste caso, eles são mais uma vítima do que qualquer outra coisa. O comportamento de Adrian depois de sair daqui mostra isso, você não concorda?"

"Sim, parece que sim."

"Detetive Inspetora Burnham, não apenas encarceramos jovens problemáticos ou infratores em instituições corretoras. Nós também oferecemos aconselhamento, educação e apoio emocional. E Simon precisava desesperadamente disso, porque sua vida antes de ele vir para cá era brutal. Absolutamente brutal. Minha equipe e eu passamos três anos ajudando aquele garoto a se reerguer. Foi lento e difícil. Mesmo estando sob nossa tutela, ele teve duas overdoses. Eu espero, portanto, que você pare de massacrá-lo."

"Entendo, obrigada, Diretora Strange", Jaque respondeu, e desligou o telefone, encontrando Darren encarando-a com uma expressão questionadora no rosto. "Ele já está ali de molho faz duas horas. Deveríamos ir conversar com ele?"

"Por que não?", Darren respondeu.

———

Simon White estava sentado na mesma posição desde o momento em que eles o guiaram para a sala. O chá estava intocado.

"Deve estar gelado agora", disse Jaque, pedindo a um policial militar que trouxesse outro.

"Você encontrou Liz?", Simon perguntou, olhando para ela.

Sua voz estava trêmula.

"Infelizmente não", Jaque se sentou na cadeira à esquerda do outro lado de White, e Darren se sentou ao seu lado direito. "Gostaria de agradecer sua cooperação, Simon. Você não se importa que eu te chame de Simon, né?"

Simon sacudiu a cabeça.

"Eu sei que deve ser muito estressante para você, mas você entende que precisamos fazer tudo o que pudermos para encontrar Liz."

"Sim", Simon sussurrou e seus olhos caíram na direção das suas mãos juntas sobre seu colo.

Então Jaque começou a perguntar sobre o relacionamento de Simon e Liz, como eles se davam no trabalho, o motivo de ela estar perto da casa dele, e até sobre sua rotina diária. Ele respondeu todas as perguntas sem hesitar, embora sua perna direita estivesse tremendo muito.

"Posso te oferecer algo para comer? Você deve estar com fome... um sanduíche, talvez?"

Simon olhou para cima, fazendo contato visual pela primeira vez.

"Você está perdendo tempo. Não tenho nada a ver com o desaparecimento de Liz e fiz tudo o que posso para ajudar. Já respondi tudo o que você perguntou e deixei você pegar o que quis da minha casa. Mas se concentrar em mim não vai ajudar a encontrar Liz. Por favor, não faça isso."

"Não se preocupe", disse Jaque. "Conversar com você é só um aspecto da investigação. Estamos fazendo o possível para encontrar Liz, prometo a você."

"Não fizemos muito progresso aqui", Darren disse quando eles saíram da sala de entrevista. "Até agora não temos nada, nem os outros times."

"Mas ainda não estou convencida. Você acha que deveríamos enviar as roupas dele para análise de DNA?"

"Ainda não", disse Daren. "Nosso orçamento para serviços forenses está curto. Só enviamos roupas se pudermos encontrar mais alguma coisa que amarre este suspeito em particular ao desaparecimento de Elizabeth Chadwich."

"Então acho que o próximo passo é analisar as gravações do sistema de vigilância dele", disse Jaque. "Por que você acha que ele tem câmeras em casa para se filmar? Isso é estranho, não é?"

"Útil para ele nessa situação. A gravação o mostra chegando em casa, checando os vídeos e indo para a cama, todos os dias, sem falhar, e mostra que ele nunca saiu de casa no sábado."

"Sério? O dia todo? O que ele ficou fazendo?"

"Parece que ele estava pintando", disse Darren. "O único momento em que a gravação falha é quando a luz se apaga. Se ele tivesse uma forma de desligar o sistema da sua cama, poderia facilmente sair do quarto no escuro e deixar a casa sem ninguém saber."

"Não é muito útil. Só estranho mesmo."

"Pedi a alguns agentes militares para checar registros antigos, só por precaução. Mais estranho que as câmeras é o fato de ele não receber visitas. As únicas pessoas que chegam na porta do apartamento são entregadores, e mesmo assim, não com muita frequência, só comida ou algum pacote pelo correio."

"Ok, pessoal, atenção!", disse o Inspetor-chefe, Detetive Morris, batendo na lateral do quadro até todo mundo olhar para ele. "Tenho ótimas notícias. Encontramos Elizabeth Chadwick."

Jaque suspirou, aliviada, e rolou a cabeça para trás, encarando o teto.

"Graças a Deus!"

"Sim", disse Darren, sorrindo de orelha a orelha e mal prestando atenção ao que Morris estava dizendo sobre onde como ela foi encontrada. "Se os PMs tivessem feito seu trabalho direito, não precisaríamos ter trabalhado a noite toda. Enfim, é melhor soltarmos nosso suspeito. Ou melhor, ex-suspeito."

"Pedindo muitas desculpas", Jaque respondeu.

Não era a primeira vez que ela precisou dizer 'sinto muito' para alguém que eles tinham detido, e ela nunca se sentiu culpada por fazer isso. Era um procedimento policial trazer qualquer um remotamente suspeito e Simon se encaixava no perfil. Ela também se perguntou sobre seu passado. Será que ele poderia realmente ser um cidadão dentro da lei com um passado daqueles? Parecia improvável e algo que precisaria de mais investigações.

Simon não ficava apavorado assim fazia anos. Ele nunca tinha alcançado um estado de paz, isso provavelmente era pedir demais. Mas disseram a ele que as coisas iriam melhorar, e gradualmente melhoraram.

Mas agora isto. Ele sentiu como se alguém o tivesse atirado para trás no tempo. De volta para quando ele estava indefeso, e aterrorizado, e sozinho. Suas mãos estavam tremendo tanto que ele não conseguia deixá-las quietas, não importa o quão forte ele as apertasse contra seu corpo. E a mesma coisa com as suas pernas. A sala de entrevista era quase idêntica à que o mantiveram quando seu pai—

Ele cortou esse pensamento. Era demais visitar essa lembrança. O psiquiatra havia lhe dito que reviver algo na sua memória só enterraria isso mais profundamente no seu cérebro, e não era o que ele queria.

Dra. Nobel havia lhe dito para respirar fundo para aliviar... algo como liberar o hormônio da calma.
Mas respirações profundas não estavam resolvendo. Ele precisava de algo mais forte, alguma droga ansiolítica.

E Liz... o que aconteceu com Liz? Ela estava morta? Ele sabia pouco sobre ela, além do que ouvia no trabalho, mas as pessoas não se importariam com isso.

E também era quase segunda, certo? Eles o forçaram a fornecer saliva e seu moletom, uma camiseta de manga curta, e outras roupas de ficar em casa que estavam dentro de um saco em algum lugar, esperando pela análise de DNA. Ainda bem que eles não o colocaram em um daqueles trajes forenses de papel verde-limão, como fizeram quando ele era criança.

O que as pessoas do trabalho pensariam? Eles sabiam que Liz estava desaparecida? Eles tinham que saber, certo?

A polícia estava provavelmente questionando todos eles. Mas e quando a segunda-feira começasse? Eles o soltariam para ele ir trabalhar? Se eles não o soltassem, as pessoas do trabalho notariam que ele estava desaparecido também. Então eles conversariam, perguntando-se onde ele estaria e por que ele não estava lá.

Se Liz estivesse morta e ele voltasse para o trabalho, o que eles pensariam? Onde há fumaça, há fogo. Ele sempre tinha sido um pouco estranho, muito calado, não muito sociável...

Cristo, ele tinha sido tão cuidadoso! Ele tinha tentado tanto se manter a salvo e agora alguém havia desaparecido e quem era o suspeito? Como isso estava acontecendo?

"Sr. White?"

A voz veio de longe. Ele se virou e tudo estava turvo. Ele teve que piscar para clarear a visão, e percebeu que era a D.I. Burnham, inclinando-se para olhar para ele, com um pequeno sorriso preocupado no rosto.

"Você passou por maus bocados, hein?"

"O que?"

A voz de Simon saiu apertada e tremida. Sua língua estava seca e parecia dura.

Burnham acenou para o copo de café frio e o sanduíche de pão branco cujas bordas haviam secado e se curvado. Ele não conseguia nem se lembrar quando foi que aquilo aconteceu.

"Eu como quando estou estressada", a detetive continuou.

Simon não entendeu. Ela estava falando com ele como a assistente social que havia se sentado na frente dele durante seu interrogatório quando ele era criança. Ela estava tentando outra abordagem porque a primeira havia falhado?

"Aqui, suas roupas", Burnham entregou a ele uma sacola de plástico com as suas roupas sujas dentro. "Vamos te devolver seu computador na recepção."

"Vocês estão me soltando?", Simon perguntou, porque ele realmente não sabia o que estava acontecendo.

"Você nunca esteve preso, Sr. White. O senhor poderia ter ido embora quando quisesse."

A polícia era engraçada assim mesmo, dando uma impressão quando na verdade era o oposto. Ardilosos. Ele se forçou a ficar de pé, surpreso com a dificuldade da ação. Quantas horas ele tinha ficado lá? Suas pernas estavam dormentes e não queriam ser esticadas.

"Liz?"

Era provavelmente uma estupidez perguntar, mas ele precisava saber. Principalmente porque ele estava com muito medo por ela. Mas também porque ele precisava saber o que esperar quando ele voltasse a trabalhar. *Se* ele voltasse a trabalhar.

"Ela foi encontrada."

A detetive falou com a voz neutra, não era um bom sinal.

"Ela está... ela está morta?", Simon perguntou, e a última palavra saiu da sua boca como um sussurro.

"Ela está viva, porém ferida. Acontece que ela pegou um táxi perto da sua casa, em um ponto cego do circuito de câmeras, então não vimos. O táxi se envolveu em um acidente, e a bolsa de Liz se perdeu, então o hospital não conseguiu identificá-la. Felizmente, conseguiram fazer isso agora."

"Ela está viva!", Simon caiu de volta na cadeira, deitou a cabeça nos braços e soluçou, ondas e mais ondas de alívio invadindo seu corpo. "Graças a Deus!"

"Escuta, eu sei que são apenas três quarteirões, mas deixe-me levá-lo para casa.", disse Burnham.

Simon não queria que a policial o levasse para casa. Ele não queria mais nada com ela. Mas ele também não queria ir para casa sozinho, por mais curta que a distância fosse.

Sua cabeça estava leve e tão fraca que ele teve sérias dúvidas se seria capaz de subir as escadas.

"Aqui está, beba", Burnham abriu uma garrafa de Coca-Cola e entregou a ele. "Você passou por muito stress e não consumiu nada por horas. Você deve estar nauseado com essa história toda."

Simon não queria beber, mas teve que admitir que se sentiu melhor depois de dar um grande gole, que deu a ele forças o suficiente para ficar de pé.

"Venha, por aqui", Burnham disse e caminhou para fora sem olhar para trás.

Ela não disse nada quando abriu a porta do carro para ele. Felizmente, não era uma viatura policial com toda a parafernália. E ela não disse nada no caminho curto até a casa dele.

Quando ela estacionou na porta do prédio, Simon acenou com a cabeça, agradecendo enquanto saía do carro, segurando a sacola com seus pertences.

"Vou garantir que você entre em casa com segurança", Burnham disse com o mesmo sorriso suavemente preocupado que ela tinha dado na delegacia.

Ele não tinha energia para dizer a ela que ela não precisava se incomodar, e quando chegou no último andar, estava muito exausto para dizer qualquer coisa. Ele estava acostumado a subir aquelas escadas todos os dias, mas precisava reconhecer o talento da detetive: ela chegou no topo e não estava nem sem fôlego. Então ela insistiu em acompanhá-lo até a sua porta. Era o meio da manhã; o sol já estava alto e dois vizinhos passaram por eles com olhares curiosos. Eles já estavam fofocando sobre sua vida fazia um tempo. Ele esperava não precisar se mudar.

"Valeu, posso seguir daqui", Simon abriu abrindo a porta e entrando.

"Tenho certeza de que você pode, mas como você ficou acordado a noite toda, eu só queria me certificar de que você está confortável antes de ir embora."

Eu ficaria muito mais confortável se você desse o fora, Simon pensou, mas estava cansado demais para dizer. Ele apenas deixou a porta aberta para a detetive o seguir.

"Você gostaria de comer alguma coisa?", disse Burnham. "Ou posso preparar uma xícara de chá para você..."

Agora Simon estava confuso. Era assim que a polícia geralmente tratava suspeitos? Ou era o tratamento se você foi erroneamente acusado de alguma coisa? Talvez ela não quisesse ser processada por brutalidade policial.

"Não quero nada", ele murmurou.

Muito menos dela.

"Achei que você gostaria de saber que informamos seu empregador que você estava nos ajudando com a investigação. E que agora que Liz foi encontrada, você obviamente é inocente. Enfatizamos que tudo foi procedimento de rotina, e que foi só má sorte Liz ter desaparecido perto da sua casa."

"Ok", Simon respondeu, muito cansado e ansioso para a detetive ir embora para se importar com o que ela estava dizendo.

"Tem certeza de que não quer comer ou beber nada?"

"Tenho certeza."

"Ok, bem, vá dormir. É o que vou fazer agora também", a detetive disse com um sorriso simpático final e então saiu, puxando a porta atrás dela.

Simon certificou-se de que a porta estava fechada, tirou suas roupas ensopadas de suor, e entrou debaixo das cobertas. Considerando seu cansaço, demorou muito até ele conseguir dormir.

4

— · —

No momento em que a aurora cinza pálida invadiu seu quarto, Simon desistiu de tentar dormir. A noite tinha sido pesada e cheia de pesadelos. Ele olhou para o relógio, 4h30. Não havia nenhum sentido em continuar na cama, então ele tomou um longo banho.

Às 5h30 ele estava limpo, vestido, e sentado à mesa de jantar, mal prestando atenção na xícara de chá esquentando suas mãos. Ele tinha adicionado mais pedaços de gengibre do que de costume, porque estava se sentindo enjoado. Dra. Nobel tinha dito a ele, anos antes, que gengibre ajuda a acalmar o estômago. Geralmente funcionava para ele, mas naquele dia, não fez efeito algum.

Simon encarou as profundezas da xícara e pensou no dia que estava começando. Ele tinha que voltar a trabalhar, e todo mundo estava curioso para saber o motivo de ele ter passado a noite sob a custódia da polícia. Ambos os pensamentos, o que vai acontecer e o que acabou de acontecer, fizeram sua mão tremer, então ele colocou a xícara na mesa.

Simon encarou o grande relógio na parede da cozinha. Ele o colocou ali para conseguir enxergá-lo de qualquer parte da área aberta da casa. Eram 5h38.

Ele não podia ir trabalhar. Estava exausto demais para se concentrar em qualquer coisa. Essa era a desculpa. Na verdade, ele estava muito assustado com o que as pessoas pensariam. Será que elas se perguntariam o porquê de ele ter sido chamado para depor e o resto não? Elas o olhariam de lado e sussurrariam?

Ele tinha trabalhado tão duro para não se destacar. Para ser um trabalhador anônimo do escritório sobre quem ninguém nunca pensa duas vezes. Agora isso? Todo mundo saberia, não saberia? E então, quando alguma coisa estranha acontecesse de novo, eles voltariam a suspeitar dele.

A ansiedade que ele achava que tinha superado estava ali sob a superfície, e ele não conseguia controlar. Ele não queria admitir, mas precisava de ajuda, e só tinha um lugar onde ele poderia obtê-la.

Às nove em ponto, Simon ligou para o escritório da Dra. Nobel para marcar uma consulta. Felizmente, a recepcionista disse que ele poderia vê-la imediatamente. Então ele ligou para o escritório e tirou o resto da semana de folga. Como ele já tinha planejado e agendado suas férias, ele se perguntou se seus superiores se importariam.

"Você está bem, Simon?", Sarah perguntou, para a surpresa de Simon.

"Bem", ele murmurou. "Apenas exausto."

"Tire o tempo que você precisar."

Simon encarou seu telefone por um tempo depois de desligar, surpreso. Ele esperava mais suspeitas e perguntas. Sarah tê-lo deixado tirar folga sem perguntas era um bom ou mau sinal?

"Entre, Simon", Dra. Nobel disse, segurando a porta e sorrindo calorosamente.

"Obrigado", Simon falhou em manter contato visual, e seus olhos voaram para a familiar parede de livros, a janela rodeada por vasos de plantas, e um dos seus primeiros quadros de céu pendurado atrás da escrivaninha. "Desculpa aparecer assim tão de repente."

"Você sabe que é sempre bem-vindo", Dra. Nobel respondeu.

Simon desejou não precisar deste tipo de conforto, mas naquele dia ele precisava. Ele olhou para a Dra. Nobel enquanto se sentava no sofá de couro e ficou impactado, como todas as vezes em que a via, com sua aparência gentil. Ela tinha cabelos brancos como a neve na altura dos ombros. Naquele dia, ela tinha feito um rabo-de-cavalo. Seu rosto era redondo, e justo, e pálido com bochechas rosadas, e ela tinha olhos azuis que poderiam vagar por aí ou penetrar sua alma imediatamente.

Simon se encolheu quando a memória da sua primeira reunião com a Dra. Nobel o atingiu com a força de um trem-bala. A polícia havia invadido a casa do seu pai no meio da noite.

Gregory Black era obcecado pelo fato de não ser encontrado. Todas as suas instruções revolviam ao redor das coisas que Simon poderia fazer ou não para garantir a segurança dos dois.

Então ele agiu instintivamente quando ouviu "Polícia, ninguém se mexe!", seguido pelo som da porta sendo arrombada. Simon rolou para fora da cama, escorregou para debaixo dela e curvou o corpo contra a parede onde a cabeceira ficava encostada. Ele prendeu a respiração quando a porta do quarto se abriu e a luz piscou.

"Caralho!", alguém murmurou. "É um quarto de criança. Temos um quarto de criança!", o homem gritou.

"Ele tem filhos?", alguém perguntou.

"Só se for a porra de uma criança perturbada!", a primeira voz respondeu e Simon viu um par de coturnos se aproximar da cama. "Ainda está quente."

Então uma lanterna iluminou seu esconderijo, deixando Simon confuso, sem conseguir ver quem a estava segurando.

"Merda, tem uma criança embaixo da cama!"

Simon esperava ser arrastado de debaixo da cama, da forma que seu pai fazia quando estava com raiva. Mas a lanterna e os coturnos desapareceram e nada aconteceu pelo que pareceu uma eternidade.

Então Dra. Nobel chegou, com a mesma cara que ela tinha agora e se sentou no chão, encostada na borda da sua cama.

"Meu nome é Doutora Helen Nobel", ela disse. "Qual é o seu nome?"

Simon tinha ficado tão apavorado que não conseguia responder, dividido entre o que seu pai diria a ele mais tarde e o que a polícia faria com ele naquele momento.

"Você é um artista, não é?", Dra. Nobel continuou, acenando para as paredes do quarto de Simon com um dos braços.

Ele as havia coberto com desenhos, do chão até o alcance dos seus braços. Mais tarde, ele descobriria que os cientistas forenses fotografaram cada centímetro das paredes e usado as imagens no julgamento de Gregory Black. Simon não tinha desenhado por este motivo, mas tinha registrado tudo que havia visto e feito com o pai.

Ele estava processando seus pensamentos, Dra. Nobel lhe disse anos depois. É algo que as pessoas fazem quando não encontram palavras, por falta de experiência ou habilidade, para falar sobre o que passaram. Ela o encorajou a continuar desenhando e, especialmente nos primeiros anos, esta era a forma como eles se comunicavam, Simon explicava para ela o que seus vários desenhos significavam.

"Então, o que aconteceu?", Dra. Nobel perguntou, trazendo Simon de volta para o presente.

Ele respirou fundo, reunindo seus pensamentos espalhados. "Bati em uma parede de tijolos."

"Como assim?

"Lembra quando eu disse que não precisava mais de terapia? Você respondeu que eu não deveria jogar seu número de telefone fora."

"Você disse que estava indo bem e que não precisava mais da minha ajuda."

"Fui muito arrogante?"

"De jeito nenhum. Sempre fico contente quando meus pacientes se sentem confiantes o suficiente para encarar o mundo sem mim."

"Mas você disse, na época, que eu poderia me chocar contra uma parede de tijolos, e que deveria te ligar se isso acontecesse."

"Estou feliz por você se lembrar. De que tipo de parede de tijolos estamos falando?"

Simon uniu as mãos sobre seu colo porque elas começaram a tremer e impediram sua perna direita de se mexer. Era difícil ir direto ao ponto.

"Fui preso", Dra. Nobel pareceu tão chocada que Simon acrescentou rapidamente: "Não, eu fui detido para 'ajudar a polícia com seu inquérito'."

"Meu bom Deus, por que?"

"Uma colega de trabalho desapareceu, mas já a encontraram. Ela sofreu um acidente. Nada a ver comigo. Mas até eles a encontrarem... não sei se eles descobriram quem eu era... eles não disseram nada sobre isso. Mas... sentado na sala de interrogatório...", Simon não conseguia continuar e baixou o olhar para o tapete persa vermelho e azul.

"Imagino que isso tenha trazido memórias desagradáveis", Dra. Nobel disse.

A maior subestimação do ano.

"Não é só isso. O que meus colegas vão pensar do fato de eles terem me mantido na delegacia?"

"A colega que desapareceu vai voltar a trabalhar também?"

"Não sei... ela estava hospitalizada."

"Ah, então talvez demore um tempo. Tenho certeza de que eles vão demonstrar empatia pelo que você passou, mais do que qualquer outra coisa. De qualquer maneira, você não precisa se preocupar com eles. Até onde sabem, você é apenas um designer com uma história simples de vida, assim como a deles. Eles já te perguntaram sobre a sua vida?"

"Menos do que eu esperava. Mantive a história de que fiquei órfão aos quatorze e que fui para outra casa depois disso."

"É basicamente verdade", Dra. Nobel respondeu. "Histórias fabricadas são melhores quando contêm elementos verdadeiros. Não fazia sentido fingir que você teve uma infância normal."

Simon assentiu. A parte de ser órfão era verdade: seu pai havia se matado meses depois de ter sido sentenciado com prisão perpétua. Dra. Nobel foi imediatamente se encontrar com ele na Instituição para Jovens Infratores para lhe contar e fornecer apoio.

Ele foi mais afetado pela morte do monstro do que esperava. Ele se encheu com uma mistura estranha de alívio e dor que ele ainda não conseguia entender.

"Você parece exausto", Dra. Nobel disse com a voz suave.

"Não consegui dormir depois..."

"Vou te prescrever algo para a ansiedade. Vai te ajudar dormir. Não tome muitos, e só tome quando sentir necessidade."

Simon assentiu. Era o que a médica sempre dizia, e ele tentava seguir suas instruções.

"Você deveria se alimentar melhor. Estou preocupada com a sua magreza."

"Vou tentar."

"Não tente, faça", Dra. Nobel respondeu com sua voz firme de médica. "Agora, conte-me sobre o resto da sua vida. Você ainda pinta aqueles quadros maravilhosos do céu?"

5

— · —

"O QUE VOCÊ ACHA?", Sarah perguntou enquanto caminhava graciosa e lentamente para fora do provador, exibindo seu vestido de casamento de renda marfim que brilhava com a luz do sol entrando pelas janelas altas.

"Lindo!", Jaque respondeu, suprimindo uma pontada de inveja.

Será que ela seria noiva algum dia ou estava fadada a ser apenas madrinha de casamento? Não que ela quisesse um casamento tradicional. Enfim, aquele não era o momento para sentir pena de si mesma. Ela estava ali para apoiar Sarah.

A costureira, que assistia tudo à distância, assentiu com alegria, e disse: "Está perfeito em você agora. Então faça o que quiser, só não perca mais peso, ou o vestido vai ficar largo."

Sarah assentiu com o ar culpado, e Jaque sorriu para ela. Sarah estava em uma dieta tão religiosa que elas nem ao menos tinham se encontrado para tomar café depois da festa de noivado.

"Ok, sem mais dieta", Sarah prometeu à costureira enquanto a seguia para o provador. Jaque duvidou e mesmo que Sarah estivesse no seu peso normal ideal, ela conhecia a melhor amiga bem o suficiente para saber que ela continuaria passando fome até o casamento. Agora que ela havia se recostado o quanto podia na cadeira elegante de veludo reservada para amigos e família que acompanhavam as noivas durante as provas de vestido, seus olhos correram pelas araras infinitas contendo vestidos em todos os tons possíveis de branco. A maioria parecia tradicional, com armações e camadas. Alguns eram mais justos, como o que Jaque havia escolhido.

Ela não conseguia ficar sentada quieta, então levantou-se e foi olhar os vestidos mais de perto, fingindo que procurava um para si. Era um desperdício ridículo de dinheiro. Por que pagar milhares de libras em uma coisa para usar uma única vez?

O vestido da sua irmã, uma criação belíssima, agora ocupava um espaço extraordinário no fim do guarda-roupas, coberto por uma capa de plástico que não foi o suficiente para proteger o vestido dos dedos encardidos do sobrinho de quatro anos de Jaque. Ele ganharia uma irmãzinha em breve, então as chances de o vestido de casamento lindíssimo ser usado só diminuíam.

Talvez fosse por isso que Jaque sentia que seu tempo estava acabando. Não só sua irmã mais velha, mas até algumas das suas amigas começavam a ter filhos. Ela estava ficando para trás, e a sensação só aumentava com o passar do tempo.

Talvez isso a tenha feito concordar em se encontrar com Rob, Sarah e Aaron naquela noite para um jantar de casais. Parecia cedo demais para algo do tipo, principalmente porque ela nem teve a chance de perguntar a Sarah o porquê de ela ter revirado os olhos quando elas conversaram sobre Rob.

Como a coisa toda estava fresca na cabeça dela, ela disse, assim que Sarah emergiu do provador, usando suas roupas casuais de novo: "Tenho uma aresta para aparar com você."

"Ah, é?", Sarah perguntou, e sua expressão adquiriu um tom de confusão enquanto ela tentava entender o que havia feito de errado.

"Você me fez um sinal sobre Rob durante a sua festa e agora organizou esse jantar de casais, então quero saber o que pensar."

"Ah", Sarah disse, e ficou levemente rosada enquanto passava seu braço pelo de Jaque e saía com ela da loja, caminhando pelas escadas estreitas até a rua Kensington. "Vamos tomar café e eu explico. Está muito cedo para irmos encontrar os dois."

"E o seu vai ser sem açúcar.", Jaque disse com uma gargalhada.

"Eu sei, eu sei. Ela me disse para não perder mais peso, mas honestamente, estou apavorada com a ideia de ganhar o que perdi até o casamento e não caber no vestido."

"Você vai ficar bem", Jaque disse e elas caminharam na direção de uma cafeteria que parecia decente, cuja virtude era não ser uma franquia e ter serviço de mesa. "Agora, desembucha."

Sarah se sentou de lado para Jaque e deu de ombros suavemente.

"Rob é amigo do Aaron. Foi por isso que você foi convidada. Aaron está bancando o cupido."

"Por que?"

"Porque Rob também está desesperado por uma namorada. Ele alterna entre provocar Aaron pelo casamento e implorar a ele que o apresente para uma das minhas amigas."

"Então por que você não gosta do Rob?"

"Rob é um pouco... como posso explicar? Ele é sempre o melhor, eu acho. Como ele é homem, ele é melhor do que mulheres, como ele mora em Londres, Londres é a melhor cidade do mundo, como ele joga rúgbi, é o melhor esporte e quem pratica qualquer outro esporte ou exercício está perdendo tempo..."

"Em outras palavras, ele é totalmente convencido."

Sarah deu de ombros, concordando de má vontade, e então pediu café preto enquanto Jaque pediu um latte.

"Ele é um ótimo vendedor e vendedores precisam projetar um ar de confiança, fazendo você se sentir bem em comprar o que quer que seja que eles estão vendendo. Isso pode transformá-los todos em pessoas arrogantes."

"Até o Aaron?", Jaque disse, porque não conseguia resistir à tentação de provocar a amiga.

"Só um pouco. Mas Aaron está sempre no top 10 da liga dos vendedores, então ele é menos arrogante."

"Bem, acho que vou tirar minhas conclusões depois o jantar de hoje", Jaque respondeu e continuou contemplando a espuma do café. "Posso te fazer uma pergunta sobre Simon White?"

"Simon? Achei que você não estava interessada nele. Seria uma perda de tempo, mesmo se você estivesse."

"Não importa, estou curiosa", disse Jaque, olhando para as mesas ao redor. Era uma tarde quieta, com apenas meia dúzia de pessoas no café, mulheres, na sua maioria. "Como ele é na empresa? Você é chefe dele, não é?"

"Ele é excelente", Sarah respondeu sem hesitar. "O melhor designer que temos, e não só porque ele desenha bem. Ele entende os briefings dos clientes e traduz aquilo de um jeito que todo mundo fica perplexo. Meu trabalho sempre parece só razoável quando comparo com o de Simon, eu me sinto uma simples camponesa."

"Sempre te achei muito talentosa. E você é boa com pessoas."

"Ah... Simon também. Ele não é tímido. Eu gosto de levá-lo para as reuniões com os clientes, porque ele é tão confiante lidando com outras pessoas de todos os níveis... ele não deixa ninguém o diminuir."

"Como assim?"

"Acho que... ele é o oposto de Rob, que está sempre se vangloriando de suas conquistas. Simon escuta e sorri educadamente quando as pessoas se vangloriam, mas não entra na brincadeira como a maioria dos homens faz. Ele se submete a mim nas reuniões e deixa claro que espera que os outros homens presentes façam o mesmo. É difícil descrever, mas ele tem uma força interior que a maioria dos homens não tem. É tipo uma atitude de 'pegar ou largar'."

"Sério? Ele não me pareceu essa pessoa quando o levamos para a delegacia", Jaque respondeu, genuinamente surpresa.

E Simon tinha sido muito claro sobre não querer sua ajuda em casa.

"Não estou surpresa. Vocês o levaram para a delegacia para interrogá-lo. Quem no mundo ficaria calmo em uma situação dessas?"

"Então nada nele te deixa nervosa?"

"Jaque... por que essas perguntas? Parece que você está me interrogando."

"Ah, não é nada. Deixa para lá."

Jaque se preocupou com o fato de a melhor amiga trabalhar com alguém com um passado tão problemático, mas ela precisava manter a confidencialidade e não dizer nada. Se Simon tinha realmente mudado e não era mais uma ameaça, seria injusto com ele.

"Existe alguma coisa sobre Simon que eu deveria saber?", Sarah perguntou, parecendo genuinamente preocupada.

"Não, não se preocupe, só queria saber porque ele ficou muito nervoso durante a entrevista."

"Ele tirou a semana de folga", Sarah disse. "Ele sempre pede férias no começo do ano e organiza tudo. Então eu soube na hora que havia algo de errado. Vocês não foram horríveis com ele, foram?"

"É claro que não."

Sarah raramente perguntava coisas sobre o trabalho de Jaque porque sabia que podia ser muito difícil e ela tinha o coração mole demais para saber como suspeitos eram tratados. Em séries policiais, normalmente os protagonistas tentam tranquilizar as pessoas.

Mas na vida real, Jaque não conseguiria fazer aquilo pelas vítimas, para elas não se envolverem. Ela precisava se manter objetiva e não demonstrar empatia. Ela não podia oferecer esperanças falsas ou mostrar linguagem corporal simpática. Era duro, mas necessário.

"Simon!", Sarah disse no momento em que ele entrou no escritório.

Então ele não teve a chance de ir para a sua mesa silenciosamente, especialmente porque todo mundo olhou. Ele sentiu a mão tremer então agarrou a alça da mochila, olhando de Sarah para o resto da equipe, e de volta para Sarah. Ele não sabia o que esperar, mas previa que as pessoas estivessem suspeitas. Só que todos pareciam felizes.

"Que bom te ver de volta", Sarah disse, seguindo-o.

Pam e Hilda se juntaram a ela, ambas dizendo: "Simon, Simon, sentimos sua falta."

"Elas precisavam dos seus designs geniais", John disse.

Pelo menos ele não se juntou ao grupo que estava seguindo Simon até sua mesa. Ela era a penúltima da fila de mesas duplas no escritório aberto. Sarah, como a líder da equipe, tinha a mesa do final, mais próxima da janela, que dava para uma rua dominada por prédios enfadonhos, mas se ela movesse a cadeira para trás um pouquinho, enxergaria a Catedral de St. Paul pelo vão entre dois dos prédios.

"Vou buscar uma xícara de café para você. Você precisa, depois desse stress todo", Hilda disse.

"Foi semana passada", disse Simon, olhando para a mesa de Liz, que estava visivelmente vazia.

"Não importa, os polícias são brutamontes. Espero que eles não tenham te ameaçado."

"Não, eles foram muito educados."

Era verdade, mesmo que ele tenha se sentido ameaçado no momento. Simon supôs que o condicionamento do seu pai o tinha ensinado a evitar a polícia a todo custo, e aquilo tinha ficado na sua cabeça.

"Foi só procedimento policial. A casa de Simon fica muito perto de onde Liz desapareceu, pura falta de sorte!", Sarah disse, voltando para a sua mesa e sorrindo para ela por cima das divisórias baixas que tinham sido instaladas com supostos fins de privacidade, mas que não evitavam a conversa. "Agora, todos de volta ao trabalho enquanto Simon se ajeita."

"Com chá!", Hilda disse, colocando uma caneca de chá leitoso na sua mesa.

Simon preferia seu chá forte, com só uma pitada de leite. Enquanto o resto dos seus colegas de trabalho sabiam disso, Hilda continuava preparando chá do jeito que ela gostava.

Simon olhou para a mesa de Liz de novo e se perguntou quando ela voltaria. Ele achava que não poderia acreditar que ela estava bem até vê-la com os próprios olhos. Mas ele achou que seria muito estranho perguntar por ela.

Foi então que o barulho da porta de correr atraiu a atenção de todos, e Liz entrou no escritório, com a perna engessada e um curativo enorme cobrindo sua bochecha esquerda, mas além dessas duas coisas, ela parecia totalmente bem, e sorria de orelha a orelha.

"Liz!", todos gritaram.

"Ah, sim, olá!", Liz disse, com um tchauzinho envergonhado. "Desculpa ter criado tanto problema para você", ela disse, se virando para Simon.

"Ah, hm, não foi sua culpa!", disse Simon, ciente de que todos os olhares da sala estavam nele. "Estou feliz por você estar bem. Pelo menos... você está bem, não está?"

"Um pouco amassada, mas pelo menos não dói mais. Então eles me permitiram voltar a trabalhar. Nem quero imaginar quanto trabalho se acumulou durante minha ausência."

"Tudo bem", Sarah disse. "Poderíamos ficar sem você por um pouquinho mais. Se você estiver se sentindo mal, pode ir para casa mais cedo."

"Para a sua casa", Hilda disse. "O que você estava fazendo perto da casa do Simon? Vocês dois estão de tico-tico-no-fubá?"

Simon piscou para Hilda, chocado, balançando a cabeça. Liz se contorceu de vergonha.

"Eu estava indo ver meu namorado. Nem sabia que o apartamento de Simon era tão perto."

"Tudo bem, não precisa explicar", Simon disse e ligou o monitor gigante do seu computador, esperando que aquilo fosse dar a deixa para todos voltarem a trabalhar.

"Talvez você deva pedir ao seu namorado se mudar", Pam disse e todos riram.

Simon estava feliz pela confirmação de que Liz estava ok. Ele estava encontrando dificuldades para dormir e para comer, apesar das ordens da Dra. Nobel. Ele esperava que o retorno de Liz colocasse fim nas suas inquietações induzidas pela ansiedade.

Mas naquele momento, ele só colocou uma dúzia de gengibres cristalizados no chá, misturou e começou a ler a montanha de e-mails que tinha sido erguida durante sua ausência.

6

— · —

JAQUE REBOBINOU AS FITAS das entrevistas e esfregou os olhos cansadamente antes de começar a assistir novamente, procurando por qualquer deslize durante a interrogação. O caso era um dos piores, o desaparecimento de um garoto. Dois outros meninos mais velhos da mesma escola o levaram para algum lugar escondido. Brad Davis tinha doze anos, e a última vez que foi visto foi pelo sistema de vigilância, sendo intimidado pelos dois suspeitos do lado de fora de uma loja de esquina e se afastando com eles. Brad parecia aterrorizado.

Até então, o time de investigações tinha as gravações das câmeras e o sangue do menino desaparecido nas roupas dos suspeitos. Mas os dois rapidamente negaram tudo, até que eles conheciam Brad. Como Jaque e Darren tinham sido designados para o interrogatório, eles precisavam fazer os meninos falarem.

O resto do time procurou pela área onde Brad tinha sido visto pela última vez, questionando amigos e familiares, analisando postagens em redes sociais, e fazendo tudo que pudessem e o que não pudessem para ajudar a encontrar Brad.

E possivelmente vivo, embora as manchas de sangue fossem preocupantes.

"Nada do que falamos tem efeito sobre estes dois", Jaque disse, encarando os monitores do computador que exibia os dois garotos, cada um em uma sala de interrogatório, acompanhados por um assistente social e um membro da família.

O garoto grande e corpulento, Chazza, despencou na mesa e enterrou a cabeça nos braços. O menor, que parecia um ratinho, Miles, estava totalmente acordado apesar das horas que tinha passado sendo questionado, e parecia estar planejando sua fuga.

Darren encarou seu relógio enorme, com seus lábios se movendo enquanto ele calculava o tempo que eles ainda poderiam manter os meninos sob custódia.

"Bem?", Jaque perguntou.

"Cinco horas e vinte e sete minutos."

"Merda, os assistentes sociais não vão permitir que eles passem um segundo a mais que isso."

Darren correu uma mão pela barbicha e disse: "Estou perplexo. Eles não vão falar nada, e os assistentes sociais nos obstruíram. O analista de perfis não nos deu nada útil. Nessa toada, nunca vamos encontrar este garoto."

"Você acha que ele ainda está vivo?"

"Deus, espero que sim!", Darren disse.

Darren tinha três filhos adolescentes, então este caso o estava afetando muito diretamente.

"Ainda temos uma possibilidade, mas é um tiro no escuro."

Jaque tinha pensado na ideia por um tempo, e até aquele momento, ela tinha decidido não mencionar toda hora que ela vinha à tona. Mas agora eles não tinham mais nada.

"Vamos ouvir", Darren disse, roçando os olhos cansados."

"Simon White."

"O filho do serial killer? Não sei como ele poderia ajudar."

"Ele passou muito tempo em uma instituição para infratores."

"Então você acha que ele consegue assustá-los dizendo que se eles cooperarem, suas sentenças podem ser reduzidas? Isso é um tiro no escuro mesmo, principalmente porque não temos nada concreto contra estes merdinhas."

"Ele mora perto o suficiente, então não vai ser um grande transtorno pedir a ele que venha aqui, vai?"

"É uma da manhã."

"Se explicarmos a urgência da situação, tenho certeza de que ele entenderá."

"Não tenho tanta certeza", disse Darren, e deu de ombros, "... mas que diabos, além da nossa última chance com os garotos e de rezar para o time que está analisando as filmagens ache alguma coisa, não temos mais nada melhor agora."

Jaque vestiu um casaco enquanto seguia Darren para fora. Ela realmente estava desesperada, e faria qualquer coisa que pudesse para tentar encontrar Brad. Se ela descobrisse mais coisas sobre Simon durante o processo, seria melhor, porque quanto mais ela pensava nisso, mais estranhos sua vida e seu comportamento lhe pareciam.

Eles foram até a casa de Simon outra vez. Ir de carro não economizaria muitos minutos, mas já era alguma coisa.

"Merda, quantos degraus!", Darren murmurou quando pisou na escada de concreto larga que formava um quadrado no topo do quarto andar. "Eu me esqueci deles quando concordei em vir aqui!"

"Eles certamente te manteriam em forma se você precisasse subir e descer isso tudo todos os dias", Jaque disse, sorrindo para o parceiro. "Eu daria um braço e uma perna para me mudar para cá, mas provavelmente não conseguiria pagar o aluguel, apesar da ausência de um elevador."

"Não sei, deve ser mais barato do que em Angel."

"Não apostaria nisso. Com Docklands na vizinhança, os aluguéis aqui são estupidamente altos. Não que eu precise de muito. Mal vou para casa para dormir, então uma quitinete já resolve, só que elas quase não estão disponíveis, e qualquer coisa maior fica geralmente fora do meu orçamento."

"Sim, nós deveríamos ter estudado administração como todo mundo ao nosso redor. Aí não precisaríamos nos preocupar com um teto sobre nossas cabeças."

"Eu me pergunto como White paga por isso", Jaque disse. "Sarah ganha mais do que eu, e mesmo ela e Aaron não conseguiriam pagar um aluguel aqui. Eles talvez precisem se mudar de Londres para conseguir comprar uma casa. Simon deve ganhar o mesmo."

Darren assentiu, mas parecia cansado demais com as escadas para comentar. Ele estava certo, Jaque pensou. Ele e sua mulher tinham comprado sua pequena cobertura bem antes da alta dos preços.

"Bem, aqui estamos!", Jaque disse, parando na belíssima porta de madeira envernizada e descascada de Simon, que contrastava com a dos vizinhos que pintaram suas portas de tudo que é cor, de preto a branco, azul, e até mesmo uma rosa no final da sacada.

"Foi ideia sua", Darren disse, inclinando a cabeça significativamente.

Então Jaque tocou a campainha, e os dois encararam a luz do interfone, esperando-a acender. Jaque sempre contava lentamente até dez quando esperava por uma resposta. Ela achava que era mais do que o suficiente para uma pessoa chegar até a porta. Depois desse tempo, ela tocou de novo e o apartamento permaneceu escuro e silencioso. Então ela tocou pela terceira vez, mantendo o dedo no botão um pouco mais. Dessa vez, a luz acendeu.

"Você de novo!, a voz de Simon soou elétrica e um pouco histérica pelo interfone. "Uma e meia da manhã, o que diabos está acontecendo?"

"Sr. White, desculpa incomodá-lo tão tarde", Jaque tentou usar a voz e o rosto para demonstrar o máximo que pôde de retratação. "Pensamos que você poderia nos ajudar."

"Não vou abrir a porta, a menos que vocês tenham um mandado de busca."

"Temos um caso muito sensível e urgente e sua ajuda seria realmente válida para conseguir informações dos nossos dois suspeitos, Simon. Por favor!"

"Conseguir informações?", Simon parecia confuso.

"Eles são novos, quatorze e quinze anos e achamos que eles sequestraram um menino de doze. Estamos muito preocupados com a segurança dele."

"Peça a um profissional que ajude vocês! Um psicólogo... um assistente social."

"Não viríamos aqui se já não tivéssemos tentado todo o resto. Você é nossa última esperança. Ou teremos que deixar os dois irem embora em algumas horas, e pode apostar que eles não vão se aproximar da criança em questão, porque acharão que estão sendo seguidos, e estarão mesmo."

Houve uma longa pausa, e Jaque ficou tentada a perguntar de novo, mas Darren balançou a cabeça e gesticulou para ela esperar. Para a surpresa dela, alguns segundos depois, Simon abriu a porta um pouquinho, e espiou os dois.

"O que exatamente você quer que eu faça?"

"Tente colocar senso na cabeça deles", Darren disse, para o alívio de Jaque. Ela sentia que Simon estava mais bravo com ela do que com Darren, então era melhor ele guiar tudo. "Você tem a idade mais próxima da deles, que podem se identificar com isso. Você também passou um tempo em uma instituição para infratores". Simon quase fechou a porta, mas ainda assim eles o viram ficar pálido.

"Meu... antecedente juvenil?"

"Ah, desculpa... não te contamos, contamos?", Jaque disse. "Não foi relevante no fim das contas, mas encontramos seu passado enquanto procurávamos por suspeitos em potencial."

"Não posso ajudar", Simon disse e a porta ficou a um milímetro de se fechar. "Por favor, vão embora."

"Simon, por favor!", Jaque disse, colocando uma mão na porta para mantê-la aberta sem parecer que estava tentando usar a força para entrar. "A informação vai ficar entre Darren e eu. Por favor!"

Simon estava tremendo, parecendo mais assustado do que quando tinha sido conduzido para depor sobre o desaparecimento de Liz.

"Vamos facilitar o que pudermos, apenas nos ajude. Ajude ao Brad."

"Quem?"

"Brad Davis, o garoto desaparecido."

Simon encarou Jaque, então olhou para Darren, que deu um sorriso torto para ele. Jaque desejou que ele pudesse fazer mais, porque ela não achava que conseguiria convencer Simon.

Mas, para a surpresa dela, ele respirou fundo e disse: "Então, vocês querem assustá-los?"

"Funciona com algumas crianças."

"Vocês realmente acham que eu posso fazer alguma coisa que seu pessoal não conseguiu?"

"Honestamente, não sabemos, mas precisamos tentar."

Simon a encarou como se ela tivesse perdido o juízo, e então olhou para Daren.

"Vocês devem estar desesperados mesmo. Vou me vestir", ele murmurou e fechou a porta na cara dos dois.

"Bem, acho que não poderíamos esperar boas-vindas calorosas", Darren disse com um sorriso.

Menos de dez minutos depois, Simon reapareceu, vestindo jeans e uma camiseta azul marinho de gola V e mangas compridas. Uma bolsa de couro cruzava seu corpo.

"O que é isso?", Jaque perguntou, caminhando de volta para os degraus.

"Coisas de trabalho. Não sei por quanto tempo vocês precisam de mim, mas não posso me atrasar para o trabalho."

"Justo. Na verdade, não podemos mantê-los depois das 6h30, de qualquer maneira", Jaque disse e recebeu um aceno curto de cabeça de Simon como resposta.

Ele parecia lúgubre, pálido e no limite. Esperançosamente, os meninos não conseguiriam atingi-lo. Eles eram do tipo que poderiam farejar fraqueza e se aproveitar dela.

"Você tem alguma ideia do que você poderia dizer a eles?", Darren perguntou enquanto eles desciam as escadas.

Simon balbuciou atrás dele, ignorando Jaque.

"A instituição costumava convidar alguns dos jovens que haviam passado por lá para conversarem conosco e nos dizer quão difícil era a vida deles porque tinham sido presos. Como conselhos, para não seguirmos o mesmo caminho."

Jaque se surpreendeu com o fato de que Simon estava disposto a falar sobre algo que ele claramente queria manter em segredo. Sua experiência como interrogadora a fez decidir que ele estava tentando encobrir seu medo com um bate-papo.

"Funcionou? Ouvir o relato de prisioneiros reformados?"

"Talvez."

"Isso te convenceu?"

"Eu nunca tive intenção em seguir uma vida de crimes."

Jaque se perguntou se era verdade. Criminosos inteligentes passam anos sem ser nem notados. O pai de Simon, além de ser um serial killer, era cirurgião. Ele era tinha uma educação formal altíssima e era muito meticuloso, o que permitiu que continuasse matando por tanto tempo.

Simon trabalhou com ele, lado a lado, treinando por anos. Depois daquilo, ele havia sido trancado em um lugar com ainda mais criminosos. Jovens delinquentes, sim, mas ele aprendeu muito lá.

"Então não teve nada a ver com as conversas?", Darren perguntou a Simon, trazendo Jaque de volta para a realidade.

"Fui sortudo. Alguém descobriu que eu sabia desenhar e me ajudou a ser aceito na faculdade de artes. Não sei o que teria feito se não fosse isso."

"Sim, você teve sorte mesmo", Darren disse quando eles chegaram no andar térreo. "Oportunidade e suporte possivelmente ajudam mais jovens garotos do que uma conversa assustadora sobre o que pode acontecer com eles. Entendo, mas no momento só o que temos é a segunda opção."

"Ok", Simon disse entrando no carro. "Quem mais vai estar lá? Algum assistente social?"

"E os pais", disse Jaque, colocando o cinto de segurança enquanto Darren dava partida no carro.

"Como eles são?"

Jaque ficou feliz por Simon perguntar. Pelo menos ele estava se interessando pelo caso.

"O mais velho, Chazza, só tem mãe. Ela é faxineira e está acabando com a raça dele por ter se envolvido nisso. Tivemos que retirá-la da sala de entrevista porque ela estava abusando física e verbalmente dele, de nós, e da assistente social."

"O mais novo, Miles, é filho de um médico muito respeitável, que está convencido de que o filho não poderia fazer algo de errado. A mãe dele é dona de casa e bem tímida. Ela fica sentada durante todas as entrevistas enquanto o pai está no celular procurando um advogado. Felizmente, ele ainda não obteve sucesso."

"Ok", Simon disse, e pareceu sem entusiasmo quando Darren parou na entrada da delegacia de polícia.

"Entrem, eu vou estacionar o carro e já alcanço vocês", Darren disse.

Então Jaque guiou Simon pelas escadas, por um foyer cheio dos bêbados encrenqueiros de costume, alguns desmaiados nas cadeiras na frente da escrivaninha do sargento, dois homens cantando músicas de torcida de futebol, com os braços sobre o ombro um do outro, e uma garota gritando com todo mundo que passava na frente dela.

"Vamos para o andar de cima, é mais silencioso", Jaque disse, dirigindo-se para a sala de interrogatório no primeiro andar.

Ela acenou com a cabeça para alguns membros da equipe, que coletavam informações das pessoas no andar térreo. Alguns estavam curvados na frente dos seus monitores. Outros faziam ligações telefônicas ou preenchiam os milhares de formulários que o caso pedia.

"Aqui."

Jaque parou na frente de dois monitores que exibiam as salas de interrogatório.

Simon deu de ombros e disse. "Aqui não. Não posso falar com eles nessas salas."

"Onde mais você falaria com eles?", Jaque perguntou, não muito surpresa pela reação visceral de Simon.

"Outro lugar... vocês não têm outra sala? Algum lugar... menos intimidador."

"Ah, ok, temos a sala que usamos para conversar com as vítimas. Ainda assim, há câmeras lá. Vamos gravar tudo, e a assistente social estará presente, mas lá é um lugar mais adequado aos seus critérios."

Simon estava em transe. Parcialmente, por causa dos remédios de ansiedade que ele tinha tomado para conseguir dormir, mas principalmente por causa da situação surreal. Ele entrou em uma sala de entrevistas que havia sido montada para parecer uma sala de estar, com sofás dispostos de frente um para o outro, e uma mesinha de centro entre eles.

A assistente social era uma mulher magra e mais velha, e estava tão cansada que afundou na cadeira que ocupava em um canto da sala, longe dos sofás principais. Pelo menos ela não estava do lado do menino.

Ele era grandão, alto como um adulto médio, e gordinho, o que acrescentava pontos ao seu visual impositivo.

Ele estava sentado e tombou no sofá com a cabeça sobre os braços, meio adormecido. Simon sentou-se de frente para ele, no outro sofá, pensando no que deveria dizer.

Ele havia se especializado em esquiva na instituição, conseguindo se manter distante de todos. Principalmente porque ele tinha crescido sozinho e não sabia como se aproximar das crianças da própria idade, ou pessoas no geral. Ele também tinha um pai que repetia infinitamente que ele nunca dissesse nada, o que era um hábito difícil de ser superado.

As crianças ao redor dele eram assustadoras. Metade delas era violenta, e a outra metade, suicida. Nenhum deles sabia expressar os próprios sentimentos para além dos punhos.

Nisso o garoto na frente dele era familiar, e ele achava que depois de três anos trancado com meninos parecidos, ele sabia alguma coisa sobre o tipo. O garoto era durão, mas estava exausto e provavelmente sentindo que não lhe restavam opções.

Simon abriu sua bolsa e pegou um bloco de desenho e uma caixa de lápis, selecionando um dos pretos e macios. Terapia artística provavelmente não atrairia o menino, mas ele poderia desenhar enquanto esperava. Afinal de contas, Simon tinha uma campanha para preparar.

Ele passou as páginas do esboço no qual estava trabalhando. Pelo menos iogurte era um produto fácil de promover. A maioria das pessoas gostam de iogurte e considera o item saudável.

Chazza sentou-se, piscando com a luz clara da sala e assistiu a cena. Simon estava ciente, mas continuou desenhando.

"O que você está fazendo?", Chazza perguntou.

"Meu trabalho."

"E o que é?"

"Sou designer em uma agência de publicidade."

"Então que porra você está fazendo aqui?", Chazza perguntou com a voz embolada. Xingamentos pareciam um hábito, porque ele não havia enfatizado a palavra. "Você está na sala errada."

"Não, estou na sala certa."

A experiência havia ensinado Simon que a melhor forma de tratar garotos violentos era mantê-los confusos. Ele passou para uma folha que não precisava do bloco e escreveu alguma coisa, certificando-se de que a câmera não conseguiria pegar daquele ângulo. Ele arrancou a página e a colocou sobre a mesa, ao lado de outro dos seus lápis macios. Não fazia sentido dar ao garoto nada pontiagudo que ele pudesse usar como arma.

"Que merda é essa?"

"Um exemplo do meu trabalho, dê uma olhada."

"Não estou nem aí para o seu trabalho."

"Não, mas você deve estar entediado, não está?"

"Só quero dormir", disse Chazza, mas olhou para o papel. Então ele o pegou e olhou mais de perto.

Simon manteve os olhos no seu desenho.

"Você quer sair daqui?"

"Eu vou sair daqui. Sou menor de idade, eles não podem me manter aqui por muito mais tempo."

"Pessoas acima de dez anos são consideradas capazes de distinguir o certo do errado e, portanto, responsabilizados pela acusação. Eles te mandariam para uma instituição de menores infratores, que ainda assim é uma prisão, não importa o nome que eles dão. Eles não te contaram isso?"

"Não acreditei neles", Chazza murmurou.

"Por que não?"

"Ouvi coisas diferentes."

"De quem?", Simon perguntou, com a cabeça ainda baixa, aparentemente concentrado no seu trabalho, embora ele só conseguisse focar em desenhos de redemoinhos e bolhas.

"Um cara."

"Mais velho?"

Chazza só deu de ombros e Simon sentiu que ele não diria mais nada. Que ele provavelmente suspeitava que não deveria ter dito o que tinha acabado de dizer.

"Você gosta da sua mãe?"

"Que merda de pergunta é essa?"

"Só estou me perguntando se você prefere passar tempo com ela ou em uma instituição para jovens infratores..."

"Ah, então está na hora do sermão? É para isso que você veio aqui, para me assustar?"

"Na verdade,", Simon disse, olhando firme nos olhos de Chazza, "se eles tivessem me dado essa opção, eu teria escolhido a instituição de infratores, não meu pai."

Aquilo chocou Chazza, que murmurou. "Minha mãe é uma vaca."

Simon apenas sorriu.

"Eles não me deram opções, só me mandaram para a instituição. Foi uma merda, mas melhor do que a minha casa. É tudo o que eu tenho a dizer."

Simon entortou a cabeça para o papel que deu a Chazza. O garoto olhou para ele, riscou alguma coisa e devolveu para Simon.

"Não, cara, eles não têm nada contra mim, não vou dizer nada."

"Justo."

Simon dobrou o papel e acenou para a câmera. Era o sinal para Chazza ser retirado da sala. Jaque apareceu na porta, parecendo irritada quando pediu à assistente social que acompanhasse Chazza de volta para a sala de interrogatório, junto com um policial militar.

"Você vai ao menos tentar?", Jaque disse quando o garoto sumiu de vista.

"O que você quer de mim?", Simon perguntou, irritado com essa mulher que não fazia nada além de tirá-lo da cama no meio da noite, e ainda tinha a coragem de ficar irritada. "Mande o outro garoto."

"Começamos com o Chazza porque ele é o líder. Miles é só um merdinha."

"Mas ele também sabe onde o menino está, não sabe?"

"Sim, então tente com mais afinco dessa vez, ok?"

Simon nem se importou em responder, não que Jaque tivesse lhe dado a chance. Ele se recostou no sofá novamente e folheou seu bloco de desenhos, procurando outra página que pudesse arrancar. Ele tinha acabado de escrever o bilhete quando um menino magrelo com cara de fuinha entrou, acompanhado por uma mulher parecida com ele e uma assistente social grande que estava dando o seu melhor para se manter alerta. O menino parecia pequeno para alguém de quatorze anos, mas era arrogante e estava bem acordado.

"Quem é você, porra?", Miles disse, se jogando no sofá e se reclinando como se fosse um rapper gângster. Sua mãe se recostou no sofá, na ponta oposta à do filho. Parecia que o filho a intimidava. Isso diz muito de um menino de quatorze anos.

A atitude arrogante dele foi provavelmente herdada do pai. Vantagens de pais afortunados. Dinheiro compra confiança. Por mais que Simon odiasse admitir, como o filho de um médico, ele era arrogante com os outros meninos da instituição. Ele sempre achava isso muito irônico.

"É divertido sair com as classes inferiores?", Simon perguntou, seguro de que esse era o intuito de Miles. Esse e evitar valentões, aproximando-se do maior valentão de todos.

Miles deu um sorriso largo para ele, limpou a garganta e cuspiu no tapete. Ele estava definitivamente querendo chocar, mas Simon já tinha visto excrementos humanos em paredes como protesto, então só voltou a atenção para o seu bloco.

"Você é só um ninguém que a polícia trouxe porque está ficando desesperada, não é?"

"Tipo isso", Simon respondeu. "E você acha que é mais inteligente que os tiras, não é?"

"Pfff, obviamente. Em cerca de três horas, eles vão precisar nos liberar."

"Foi bem desleixado da sua parte ter sido pego, primeiramente... e por quê? Raptar um garoto?"

"Você acha que pode fazer melhor?"

"Já fiz melhor", Simon disse, olhando para Miles com frieza.

A confiança do garoto aumentou e seu sorriso ficou ainda mais largo.

"Então você é só um perdedor que foi pego, e agora está tentando me fazer confessar para ficar de boa com a polícia. Isso é realmente patético."

"Você me pegou", Simon arrancou uma página do bloco e a colocou na mesa junto com um lápis. "Fui preso por seis assassinatos. E ainda assim, aqui estou eu, livre como um pássaro, enquanto você vai ficar preso por um tempo respeitável, especialmente se você foi o instigador."

"Sou no máximo cúmplice."

"É mesmo? Isso não te dá muita proteção segundo a lei inglesa. Nunca te contaram sobre 'Concurso de pessoas'?"

"Agora você é advogado?"

"Sou designer gráfico", disse Simon, levantando o bloco e mostrando um desenho para Miles.

"Você chama isso de arte?", Miles disse, pegando o papel na mesa, rabiscando-o por um tempo e entregando-o de volta com um sorriso de zombaria. "Você é só um perdedor patético. Seis assassinatos, minha bunda!"

Simon olhou para o papel que Miles entregou a ele, assentiu, levantou a mão e disse: "Lápis."

Miles jogou o lápis para ele, mas porque foi pego de surpresa. Aparentemente ele tinha planejado ficar com o lápis.

"Boa sorte", Simon saiu e fechou a porta atrás dele com um clique firme.

"É isso?', Jaque disse, olhando para o monitor pelo qual ela e Darren acompanharam a reunião.

"Esse Miles é uma cobra. Eu não teria tanta certeza de que ele não é o líder da operação."

"Você pensou nisso em cinco minutos que passou com ele? Valeu por porra nenhuma, Simon! Só desperdiçamos muito tempo e não conseguimos absolutamente nada."

"Eu disse que não podia ajudar."

"Eu não esperava que você não fosse nem se esforçar. Por que você veio?"

"Eu te disse!"

"Foi um desastre total."

"Vai se foder!", Simon disse, enfiou os papéis que estava segurando no peito de Jaque e saiu pisando duro.

"Merda, sinto muito!", Jaque disse a Darren, que se aproximava.

"Tudo bem, também estou desapontado", Darren se inclinou para pegar os papéis que Jaque tinha deixado cair no chão.

Ele desamassou duas folhas, olhou a primeira, piscou e olhou para a segunda. "Espera", ele murmurou. "Olha isso."

Os papeis foram enfiados na frente de Jaque pela segunda vez, mas dessa vez, ela olhou.

"O que é isso?"

A primeira coisa que ela notou foi uma revoada de pênis do tipo que adolescente desenham em todos os lugares, seguido por alguns rabiscos que pareciam ser uma propaganda de carro. Acima deles, havia uma frase: *Se você quer sair dessa, me diga uma localização.*

A letra era tão bonita que Jaque não registrou o significado imediatamente. Então ela olhou de novo antes de mudar de página. No meio de vários rascunhos de ícones para um aplicativo de dieta, ela viu a mesma letra, e abaixo, um garrancho adolescente dizia: *Cabana dos escoteiros perto do canal.*

Jaque olhou para Darren, que a assistia com uma sobrancelha levantada.

"Você não acha que Brad Davis está lá, acha?"

"Só há uma maneira de descobrir."

"Se for, devo um enorme pedido de desculpas a Simon."

"Preocupe-se com isso mais tarde", Darren disse, correndo para a sua mesa para pegar seu transmissor, gritando para todos na sala encontrarem o endereço da cabana dos escoteiros e enviarem uma ambulância para o mesmo local.

7

QUE NOITE AGRADÁVEL, SIMON pensou enquanto subia as escadas. Ele estava chegando em casa depois de uma confraternização do trabalho para dar as boas-vindas aos novos estagiários. Na verdade, uma desculpa para drinques...

Dessa vez, tinha sido no deque de um pub perto do rio e a temperatura estava perfeita. Ele gostava do início do verão, quando os dias ficavam mais longos. Havia uma serenidade no céu do crepúsculo que ele achava particularmente tranquilizante.

Simon chegou no último andar, pisou fora do último degrau, e congelou. Uma figura de capuz escuro estava deitada contra a sua porta. Ele não conseguiu se mexer, não conseguiu respirar. Que merda é essa?

Merda, é uma mulher! Simon pensou e sentiu seu corpo tremer enquanto se aproximava da figura. Ele deveria chamar a polícia?

Era melhor não a tocar? E se ela estivesse morta? O que ele deveria fazer? Por Cristo, por que essas coisas continuavam acontecendo com ele ultimamente?

Definitivamente uma mulher. Ela tinha pernas torneadas,usava calças jeans, e até o moletom era justo e estava fechado até em cima. Suas mãos estavam enfiadas nos bolsos da frente e uma sacola de plástico preta —aparentemente cheia—estava enrolada em um dos seus punhos. Cabelos longos caíam sobre seu rosto, encobrindo suas características.

"Hm... com licença?"

"Hmpf,", a mulher murmurou e se moveu bruscamente.

Viva, graças a Deus.

"Olha, você não pode desmaiar aqui", Simon estava tentando descobrir o porquê de ela parecer familiar. Era uma vizinha? Ele achava que todos eram mais velhos. Talvez a filha de um deles. "Você precisa ir para casa", Simon se aproximou, pensando se era seguro balançar a garota.

A mulher de repente levantou a cabeça, soprando extravagantemente para afastar o cabelo. Quando revelou seu rosto, Simon se deu conta, profundamente consternado, do porquê de ela ser tão familiar.

"Detetive Burnham?"

"Simon!", Jaque sorriu beatificamente para ele. "Simon, meu bom homem. Nós resolvemos o caso e encontramos o garoto, tudo graças a você. E eu... eu te devo um pedido de desculpas. Eu teria te mandado uma mensagem para te avisar, mas não pude", Jaque deu um arroto impressionante. "Não posso usar informações policiais para assuntos pessoais. Então pensei em vir te dizer pessoalmente. Eu trouxe frango e batatas fritas e algumas cervejas para me desculpar, e porque você precisa dar uma engordadinha."

"Xiiu, mantenha a voz baixa", Simon disse, se perguntando como aquela mulher bêbada iria embora para casa. Seria quase impossível levá-la com segurança até o térreo naquele estado. Ele estava convencido de que ela tinha rastejado pelas escadas.

"Vamos comer", Jaque se apoiou na porta, tentando ineficazmente ficar de pé.

Simon a encarou, tentando resolver a situação.

"Cadê seu parceiro?"

"Bêbado como um gambá. Chamei um taxi e mandei-o para casa."

"Entendi."

Simon olhou para cima e para baixo pela varanda, pensando em outras opções. Ele duvidava que uma ambulância subiria para buscá-la. Eles provavelmente se zangariam com ele por perderem tempo. Da mesma forma, chamar a polícia também não era uma boa ideia e a D.I. Burnham provavelmente não iria gostar de aparecer daquele jeito na frente dos colegas. Mas, se era esse o caso, por que ficar bêbada assim?

"Eu não deveria ter gritado com você", disse Jaque. Eu sinto muito muito muito mesmo. Geralmente sou melhor do que isso, mas o cansaço... não, chega de desculpas. Só sinto muito mesmo."

O mais engraçado era que receber um pedido de desculpas, mesmo de alguém tão bêbada que provavelmente não se lembraria no dia seguinte, ainda o fazia se sentir melhor. Ele tinha visto o jornal, é claro. Ele sabia que a polícia tinha encontrado o garoto e o levado para o hospital. Então Simon não precisava de mais.

Ele se perguntou no que ele teria feito se a polícia não tivesse ido para a cabana. Ele teria voltado à delegacia e contado a eles? Ele afastou o pensamento, porque era irrelevante no momento. Ele tinha um problema mais urgente.

Parecia que ele só tinha uma opção. Ele abriu a porta do apartamento e Jaque escorregou de costas pelo chão, metade do seu corpo entrou no apartamento, a outra metade ficou do lado de fora. Então ele deu um passo por cima dela, respirou fundo, se preparando física e mentalmente, agarrou a detetive por debaixo dos braços e a puxou para dentro.

Felizmente, a fricção contra o piso de madeira foi suave. Foi só quando eles chegaram no carpete que ele passou um pouco de sufoco.

"Não vamos comer?", Jaque perguntou, levantando seu saco plástico.

O cheiro do frango e das fritas era surpreendentemente tentador, embora Simon tivesse comido um hamburguer razoável no bar.

"Você vai dormir."

Simon rolou a detetive pelo carpete e decidiu que era o suficiente. Ele pegou uma almofada, colocou debaixo da cabeça dela, retirou a sacola de comida da mão fechada dela e a cobriu com um cobertor verde felpudo.

"Dormir", Jaque murmurou, com os olhos já fechados. "Eu me lembro disso. Eu gosto. Dormir."

"Sim, que bom!", Simon deu um tapinha reconfortante no ombro da mulher. "Tenha bons sonhos."

Todo o exercício o deixou sem ar, e ele se largou em uma cadeira na sala de jantar, ainda arfando, enquanto assistia a detetive. Ela estava completamente apagada, o que foi confirmado segundos depois por uma bufada, e então um ronco suave e rítmico.

Simon enfiou a mão no saco, retirando duas latas de cerveja que estavam engorduradas e arenosas do sal das fritas que tinha caído da caixa. Ele abriu uma latinha com um silvo satisfatório, e rapidamente bebeu a espuma. Então ele pescou uma coxa de frango da outra caixa e deu uma mordida, sem tirar os olhos da D.I. Burnham.

Por que ele tinha aparecido na casa dele? Só para se desculpar mesmo? Ele nunca havia ficado sozinho com ninguém antes na sua casa, e certamente menos ainda com uma mulher, uma mulher inconsciente. O pensamento fez suas mãos tremerem tão violentamente que ele soltou o frango e olhou ao redor, verificando suas câmeras.

Então ele olhou de volta para Jaque Burnham. Ela era muito atraente. Ela também tinha sido impressionante na delegacia de polícia. Muito maluca, inclusive para os parâmetros dele, mas ele deixou isso de lado.

Era pura loucura tê-la ali. Uma mulher desmaiada no chão era muito familiar e aterrorizante. Lembrava-lhe outras mulheres, mulheres mortas... e seu pai. Ele correu para o quarto e trancou a porta, respirando fundo para tentar se acalmar.

Quando ele conseguiu voltar a respirar mais uniformemente, ele foi para a cama. Ele estava acostumado a olhar para o teto escuro por horas a fio, e aquela noite não foi diferente. Mas ele não podia ficar lá. Não com uma mulher inconsciente na outra sala. E se ela vomitasse e sufocasse até a morte?

Então ele se levantou e voltou para a sala de estar, e observou o peito de Jaque subir e descer lentamente. Foi tão perturbador que ele decidiu que seria melhor se ele saísse. Então ele pegou as chaves da casa e saiu.

Ele poderia andar pelo quarteirão e ser filmado pelo circuito de câmeras. Assim, se algo acontecesse, ele pelo menos seria gravado fora de casa. Mas por quanto tempo ele faria isso? Não pareceria suspeito que ele fosse registrado pelas câmeras, circulando por horas a fio, sabendo que Jaque estava em sua casa?

Ele estava na metade dos degraus quando decidiu que aquela não era uma opção viável. Então ele se arrastou de volta para cima. A melhor coisa a fazer era manter a distância, mas certificando-se de que a câmera da casa tinha filmado tudo.

Ele sentou-se de costas para Jaque e tentou ignorar sua presença assistindo a uma série na Netflix no iPad, mas ele não conseguia se concentrar. A noite seria muito longa.

Uma dor de cabeça verdadeiramente terrível, acompanhada por um gosto horrível na boca, e a sensação de língua áspera, acordou Jaque. Ela se forçou a abrir os olhos e olhou para uma coleção de pernas de mesa e cadeiras. Ela rolou e esbarrou em uma mesa de café, depois viu um teto ensolarado acima dela. Inclinando a cabeça para o outro lado, ela notou uma cortina de chiffon branco ondulando com uma leve brisa vindo das janelas abertas acima dela.

"Merda!", Jaque disse em voz alta, se sentando rapidamente. "Merda, merda, merda!", ela acrescentou, quando o movimento repentino piorou sua dor de cabeça dez vezes mais.

Ela estava na casa de Simon White! No chão, mas vestida, graças a Deus, e coberta por um cobertor felpudo verde-oliva. Ela tinha ficado bêbada assim?

Claro, todos eles ficaram eufóricos quando Brad Davis finalmente acordou, identificou seus dois sequestradores, e eles detiveram os dois meninos de novo –agora, com muitas evidências contra eles. Eles tinham bebido demais em comemoração, e o resto das suas lembranças eram uma bagunça nebulosa.

Mas aparecer aqui? Ela queria pedir desculpas para Simon, claro. Ele teve um papel crucial. Mas ela tinha a intenção de aparecer em uma hora civilizada e ser adequadamente humilde. Ela nem tinha certeza do que tinha dito a ele.

Que estupidez desmaiar na casa de um homem que esteve envolvido com assassinatos em série. Jaque estremeceu com a ideia. Foi uma estupidez beber tanto, mas a polícia era assim. Eles nunca faziam nada comedidamente, e encontraram um menino desaparecido vivo..., mas isso, desmaiar na casa de um homem em quem ela não confiava. Que tipo de espírito a tinha possuído?

"Ahh, água!", ela murmurou e ficou de pé, trêmula e piscando por causa da dor de cabeça intensa.

Ela colocou a boca na torneira e engoliu tanta água quanto conseguiu, então olhou ao redor. Sua bolsa estava no meio da mesa de jantar e havia um Post-it amarelo sobre ela e uma caixa de paracetamol ao lado.

"Deus abençoe!", Jaque disse à casa no geral. Então ela tirou dois comprimidos do envelope e os jogou na boca, tomando água de um copo desta vez.

Então ela leu o bilhete.

Espero que você esteja se sentindo bem. Obrigado pelo frango, pelas cervejas e pelas desculpas.

A máquina de lavar demora 30 minutos para lavar e mais 30 para secar. Tem uma escova de dentes nova no banheiro para você. Use a toalha com as bordas amarelas. O banheiro é o único lugar da casa que não tem câmeras. Por favor, deixe as chaves na caixa de correio quando você sair.

Câmeras por todos os lados. Ah é, ela tinha se esquecido. Valeu pelo aviso. Jaque pensou, ainda assim, no motivo de ele ter toda essa vigilância. Então ela pensou no bilhete. Curto e direto ao ponto. Sem assinatura nem nada mais que indicasse que ele a quereria ver de novo.

Que engraçado. Ela queria vê-lo de novo? Ele era muito magro, muito engessado e tinha um passado desagradável para uma policial como ela. Mesmo assim, um 'oi' e uma assinatura não era pedir demais, era?

Seu celular vibrou discretamente. Era uma mensagem de Darren: *Onde você está?*

A caminho, ela digitou, ligando a chaleira elétrica. *Chego em uma hora.*

Assim ela teria tempo o suficiente para um banho, lavar as roupas e tomar uma xícara de café decente. Graças a Deus havia leite na geladeira, além de um tubo de manteiga e o frango da noite anterior, quase intocado. O homem definitivamente não comia o suficiente.

Lavar as roupas. Jaque se perguntou se ela estava cheirando mal e se foi por isso que Simon mencionou a máquina. Ela cheirou uma axila. É, um banho não mataria ninguém.

"Você está bem, Simon?", Sarah perguntou, inclinando-se para entrar no seu campo de visão.

Simon se assustou e voltou ao mundo real, tentando se situar enquanto olhava ao redor. Havia um grupo de fumantes na porta de trás, mas longe o suficiente para ele só ouvir um burburinho.

Felizmente, o vento também estava soprando na direção deles, assim seu almoço, um sanduíche de bacon da Pret quase intocado, não cheirava a fumaça de cigarro.

"Sim, estou bem."

"Posso me sentar aqui então?"

Simon não ficou animado com a ideia, mas se moveu no banco que o escritório tinha colocado no espacinho verde do quintal do prédio, e assentiu suavemente.

"Como está indo a preparação para a sua semana de chefe?", Sarah perguntou.

"Tudo bem. Não tenho muita coisa para fazer, porque você trabalhou duro para finalizar pendências antes de sair de férias."

"E a equipe? Tenho a impressão de que eles estão ansiosos para você assumir meu lugar. Não deixe ninguém te criar problemas."

"Eles são todos adultos e capazes de se cuidarem."

"E os estagiários? Liz disse que eles já estão colados em você."

"Sim.", Simon disse e correu os dedos pelos cabelos. Ele estava cansado demais para uma conversa, mas a situação com os estagiários era mais estranha do que o comum. Ele sempre ficava em contato com eles e feliz por ensinar aos novatos, mas estes dois estavam especialmente entusiasmados. "Aisha me faz cem perguntas por dia e Brian parece achar que preciso de café constantemente."

Sarah gargalhou e respondeu: "Que sorte a sua!"

"Por que?"

"Aisha me disse que seu trabalho é incrível. Ela está determinada a aprender o quanto puder com você enquanto estiver aqui. Você deveria se sentir lisonjeado."

"E o Brian?"

"Bem... ele é gay."

Simon estava definitivamente cansado demais para interpretar a frase de Sarah, e só deu de ombros.

"Todo mundo no escritório acha que ele tem um *crush* em você e te acha sexualmente ambíguo. Acho que ele decidiu que vale a pena tentar."

"Sou sexualmente ambíguo?"

"Ninguém sabe se você prefere homens, mulheres, ou é assexuado."

"Isso é um tópico real de conversas?", Simon perguntou, sem saber o que fazer com a informação.

"Não se preocupe, nunca vamos fundo nisso. Mas como você nunca teve namorados, nem namoradas, e é um cara bonito, as pessoas falam."

"Ah."

Simon se perguntou se valia a pena se chatear por causa da curiosidade alheia.

"Você está bem? Parece distraído a manhã toda."

"Tive uma noite estranha", Simon não conseguia pensar em uma forma melhor de explicar. "Sua amiga Jaque apareceu bêbada e acabou dormindo no meu chão", no momento em que as palavras saíram da sua boca, Simon desejou não ter falado, mas era tarde demais. "Ela faz coisas do tipo com frequência?"

"Jaque? Nunca, até onde eu sei. Ela deve realmente confiar em você."

Simon duvidava disso, mas achou melhor não falar nada, ou ele teria que explicar e era impossível fazer isso sem revelar que tinha um passado criminoso.

"Mas por que ela foi para a sua casa?", Sarah perguntou.

Simon arrependeu-se de ter tocado no assunto, porque explicar tudo significaria contar a ela sobre seu passado. E era algo que ele nunca fazia.

"Não sei. Moro perto da delegacia, eu acho."

"Não foi você que convidou então?"

"Ela não estava exatamente sóbria quando chegou, e precisei sair para trabalhar antes de ela acordar. Só o que posso dizer é que ela estava murmurando sinto muito, sinto muito", Simon disse e acenou com a mão.

Entretanto, Sarah parecia fascinada.

"Talvez ela tenha se sentido mal por ter te conduzido para a delegacia quando Liz sumiu. Jaque tem muita dificuldade em assumir quando está errada. O álcool deve ter ajudado, e dado a ela coragem para ir te ver."

Simon deu de ombros estranhamente, e fez uma careta estranha para ela, rezando para ela não perguntar mais coisas.

"Ela tem namorado?"

A pergunta escapou enquanto ainda estava sendo formulada. Talvez ele precisasse saber para o caso de Jaque aparecer bêbada de novo, então ele teria alguém para quem ligar. Sarah entendeu mal a pergunta e se aprumou no banco para encará-lo propriamente, com um sorriso conspiratório cobrindo seu rosto.

"Por quê? Você gosta dela?"

"Não, é claro que não... só...", o que ele poderia dizer?

"Ela não tem, mas não é por falta de tentar. Na verdade, deixa para lá!", Sarah disse, levantando as mãos para encerrar o assunto. "Agora que eu pensei nisso, talvez vocês dois combinem..."

"Não, eu realmente não—"

"Ela parece abrupta e muito direta e ela não tolera idiotas muito bem, mas é uma ótima mulher. Você não encontraria alguém melhor", Sarah disse, ignorando a cabeça de Simon se movendo. "Ela salvou minha vida quando estávamos na faculdade, nada muito dramático. Desmaiei na piscina e se ela não tivesse notado e me resgatado, eu provavelmente teria me afogado. E você já a viu algumas vezes, então está na metade do caminho da parte de se conhecerem melhor..."

"Ela me prendeu!", Simon disse.

Sarah gargalhou.

"Não seria uma história perfeita para contar aos seus filhos quando eles perguntarem como vocês se conheceram?"

"Não, na verdade não. Acho que ela não gosta de mim de jeito nenhum."

"Ela só é brusca, e isso está interferindo na vida amorosa dela de novo. Sério, dê uma chance a ela."

Simon só piscou para Sarah, desconcertado com o seu entusiasmo. Ele nunca tinha pensado em ter uma namorada. Era um assunto muito carregado, emaranhado com memórias horríveis, seus próprios desejos ardentes, e medos paralisantes. Nunca aconteceria com ninguém, mas especialmente com uma policial que não sabia nada sobre ele.

"Pense nisso", Sarah disse e acenou para Simon, voltando para dentro do prédio.

Simon encarou seu sanduíche meio-comido, suspirou, e o colocou de volta na caixa de isopor. Ele fechou a tampa da caixinha e voltou para a sua mesa.

"Chefe, café!", Brian disse segundos depois, e enfiou uma caneca na frente de Simon.

Até aquele dia, Simon mal tinha agradecido, e continuava trabalhando quando Brian fazia isso. Naquele dia, ele se reclinou na cadeira e olhou para os olhos azuis sinceros do garoto de bochechas rosadas e cabelos castanhos. Ele supôs que aquele era um olhar de fascinação, e talvez timidez?

"Hm... Brian, eu não sou gay", Simon disse, e novamente se arrependeu das palavras no momento em que elas saíram da sua boca, porque a cara de fascinação de Brian se tornou envergonhada. "Quer dizer... tudo bem... eu só... só não quero desperdiçar seu tempo."

"Entendido", Brian disse, com as bochechas mais avermelhadas. "Mas se você não se importa, vou continuar fazendo isso."

"Ok", esse era um território não-familiar para Simon, que supôs que tinha sido ingênuo em presumir que sua sexualidade e suas preocupações eram assuntos só dele. "Seu café é excelente."

8

—·—

"VOCÊ ESTÁ FABULOSA", SARAH disse, dando uma olhada avaliativa quando as duas pararam na frente do espelho de corpo inteiro.

"A única fabulosa aqui é você!", Jaque disse, alisando as dobras do véu de casamento de renda marfim de Sarah. "Exatamente como deveria ser. Ninguém pode estar mais bonita que a noiva."

"Verdade!", Sarah deu o sorriso que era sua marca registrada: ela comprimiu as bochechas de forma que seu nariz se enrugava charmosamente e não combinava muito bem com a sua maquiagem de noiva elegante.

"Enquanto isso, esse vestido...", Jaque murmurou, já que Sarah tinha sido chamada pelos maquiadores para um retoque.

O vestido de dama de honra era lilás e tinha frescuras, laçarotes e rendas demais, e tinha custado uma pequena fortuna. Jaque não se importava, porque Sarah era sua melhor amiga, afinal de contas. Por mais que ela nunca mais fosse usar o vestido novo e ela parecesse ter fugido de um melodrama vitoriano, era justo.

O estilo pessoal de Jaque tendia a coisas mais justas e com o mínimo possível de ornamentações ou estampas. No máximo, ela usava sobreposições. No momento, ela se sentia como uma versão da Fada Açucarada desengonçada.

Ela não tinha tempo para pensar naquilo, já que o casamento ainda parecia ter infinitas tarefas a serem realizadas. Como nem Sarah nem Aaron eram religiosos, eles optaram por um casamento humanista e extrapolaram o orçamento em um hotel fazenda elegante, então a maioria das coisas estava sendo feita pela equipe do hotel. Ainda assim, havia pedidos e perguntas, de amigos e do pessoal do hotel, e era o papel de Jaque lidar com o máximo que pudesse, para garantir que o dia de Sarah tivesse o mínimo possível de stress.

"Não preguei o olho ontem", disse Sarah, saindo pela porta que dava no salão do hotel, mexendo seu buquê inquietamente.

"Não parece. Você está radiante!", Jaque disse.

"Você trouxe as alianças?"

"É claro!", Jaque levantou a caixinha de veludo vermelha para inspecioná-la. "Vai dar tudo certo."

Era o que ela estava dizendo desde a despedida de solteira no fim de semana anterior, e ela estava certa.

O pai de Sarah a acompanhou até o altar parecendo muito orgulhoso. O serviço estava ótimo, os discursos da festa foram curtos e divertidos, e a comida estava deliciosa.

Então, antes de a música na pista de dança começar, Sarah jogou o buquê para a multidão. Ele voou direto na direção de Jaque, que não teve outra opção que não o pegar antes que ele atingisse seu rosto.

"Você fez de propósito!", Jaque disse quando Sarah voltou para a mesa, depois da primeira valsa do casal.

"Claro que sim!", Sarah disse com um sorriso desarmante. "Como vai o progresso da sua vida romântica?"

"Indo a absolutamente lugar nenhum.", Jaque disse com um suspiro inexpressivo. "Rob me chamou para sair, e eu disse que ficaria para a próxima porque precisava trabalhar."

"Ele já sabe o que você faz?"

"Ainda não, mas tem ficado progressivamente mais inquisitivo. Acho que vou ter que dispensá-lo. Eu deliberadamente disse que não podia vir ao casamento com ele porque tinha muita coisa para fazer por você, mas ele me convidou para a primeira dança."

"Pelo menos dê isso a ele. Eu achei que vocês dois se deram muito bem no nosso encontro duplo."

"Superficialmente sim, sou ótima em ser básica. É essencial no meu trabalho."

"Você é exigente demais."

"Achei que você não fosse muito fã dele."

"Sim... não... só achei que seria legal se pudéssemos sair os quatro de novo. Foi divertido."

"Você também me acusa de ser intimidadora demais."

"Você é bem direta. Você vê balela de longe, e infelizmente Rob é prolífico no que diz respeito a sandices. E sua carreira só ressaltou essa característica sua. Às vezes, quando te escuto conversando com homens, soa como um interrogatório policial. Quem quer isso?"

"Bom, não vou mudar para agradar homens. Seria falsidade minha."

"Só fique mais tranquila nos primeiros encontros. Quando você decidir que gosta de um cara e que ele gosta de você, você mostra seu lado assertivo."

"Isso também é desonestidade, e não sou boa atriz. Duvido que eu consiga. Só preciso aceitar que serei solteira para sempre."

"Bobagem, você não é de desistir, e temos muitos homens bonitos e solteiros aqui hoje, então vá até lá e faça amizades."

"Quem sou eu para desobedecer a uma ordem como essa?", Jaque disse, e como ela já havia sido dispensada das suas tarefas de madrinha, passou horas agradáveis dançando com quem aparecesse na frente dela, incluindo Rob, a quem ela deixou explícito que não tinha direitos exclusivos sobre ela.

Era fácil encontrar parceiros para dançar. Homens sentiam atração pela sua aparência. Era sua personalidade que os assustava.

A noite passava e ela se sentia cada vez mais desconfortável no vestido lavanda horrendo até que decidiu que já bastava, e que ela se trocaria. Então, passou pela multidão que conversava animadamente até chegar no foyer do hotel, que estava silencioso. O cômodo estava consideravelmente mais frio assim que ela fechou a porta, e ela relaxou quando a música e a falação foram abafadas.

Ela respirou fundo e olhou ao redor. No canto mais longe da sala, ela viu um homem encarando um quadro de avisos, traçando uma linha de texto e murmurando silenciosamente as palavras. Ele ficava elegante no seu terno cinza escuro e ela decidiu que ele merecia um ponto por isso. Então ela se aproximou e se deu conta de que era Simon White.

Sarah e Aaron convidaram alguns colegas de trabalho para a festa, mas ela ficou surpresa com o fato de Simon ter aparecido. Por outro lado, Sarah tinha dito que ele aparecia em eventos de grupo.

Como ela já tinha cruzado o hall para ir até seu quarto e não conseguiria fingir que não tinha visto alguém na direção para qual estava indo segundos antes, Sarah se aproximou e disse: "Olá, Simon!"

Ele deu um pulo e se virou de costas, com os olhos arregalados, quando se deu conta de quem estava falando.

"D...Deteti—"

"Pode me chamar de Jaque. Eu ficaria grata se você não contasse a ninguém o que eu faço da vida."

"Ah... claro."

Os olhos de Simon foram de um lado para o outro, aparentemente assimilando o fato de que eles estavam sozinhos, a não ser pelas duas pessoas trabalhando na recepção do hotel.

"O que você estava lendo?", Jaque perguntou, porque não conseguia pensar em nada mais para dizer.

"É o itinerário do casamento."

"Ah... pensando no que fazer a seguir?"

"Na verdade... planejando a hora de ir embora."

"Você não vai dormir aqui?"

Uma das vantagens de um casamento em um hotel é o fato de que os convidados podem ficar acordados até a hora que quiserem, e beber o quanto conseguirem sem se preocupar em dirigirem de volta para casa.

"Vou voltar de carona com a Liz", Simon congelou ao mencionar o nome dela, e então acrescentou rapidamente: "Liz e o namorado, porque ele mora perto da minha casa."

"Ah, bem, que prático."

Simon segurou o punho direito com a mão esquerda. Ele não conseguiu estabilizar os tremores completamente, e aquilo fez Jaque se sentir mal por fazê-lo ficar tão desconfortável na presença dela. E imediatamente após este sentimento, ela suspeitou do motivo pelo qual ele tinha se assustado tanto.

Simon assentiu, aparentemente sem ter mais o que dizer.

"Vou tirar esse vestido,", Jaque disse, saindo do cômodo, e acrescentou, "só Deus sabe o que Sarah estava pensando quando escolheu essa coisa horrenda. E ela ainda diz que é designer."

Para a surpresa dela, Simon disse: "Provavelmente foi deliberado."

"O que? Deliberado? Por quê?"

"As pessoas se sentem atraídas por beleza. Fazer todas as madrinhas de casamento parecerem deselegantes acentuou a beleza dela e fez com que todos olhassem só para ela."

"Que cerebrozinho astuto o seu!", Jaque ficou impressionada pela ingenuidade de Sarah e a percepção de Simon. "Acho que é preciso um designer para entender o que outro designer faz. Se eu me casar algum dia, farei Sarah usar o vestido mais brega do universo. E vai ser justo!"

Simon piscou para ela, aparentemente sem saber o que responder, quando as portas do salão principal se abriram, fazendo um estrondo. A música alta e o rugido de uma multidão animada encheu o salão e Rob entrou, segurando uma garrafa de champanhe pelo gargalo.

"Aí está você!", ele disse sorrindo. "Brincando de esconde-esconde!"

"Eu estava indo trocar de vestido", Jaque disse.

"Posso te ajudar", Rob disse, sorrindo e inclinando-se para perto demais.

Jaque notou um tremor de desgosto aparecer no rosto de Simon e desaparecer imediatamente. Ela se perguntou o que exatamente teria causado repulsa nele.

"Quem é esse?", Rob disse, notando que Jaque não estava sozinha. "Ah? Simon!"

"Oi, Rob", Simon disse e agora parecia calmo, neutro e tranquilo.

"Nosso gênio do design!", Rob disse, jogando um braço ao redor dos ombros de Simon. "Este homem faz nosso trabalho em conquistar novos clientes tão fácil! Já ganhei uma fortuna por causa dele!", Rob disse, alterando o tom de voz para algo mais conspiratório, enquanto piscava para Jaque.

"Então talvez você devesse dividir sua comissão!", Simon respondeu, removendo o braço de Rob das suas costas.

Rob gargalhou como se tivesse ouvido uma piada hilária.

"Vantagens da vaga, amigo. Se você quer sua porcentagem, vai ter que ir para o time de vendas."

"E quem faria os designs para você?"

Jaque assistiu aquela conversa com interesse. Simon era uma pessoa diferente perto de Rob. Mais tranquilo do que antes, quando estavam apenas os dois e, estranhamente, parecia que Simon era o dominante naquela relação. O homem maior, mais forte, e externamente mais confiante, que aparentemente ganhava mais dinheiro, parecia menos significante comparado ao seu correspondente quieto.

"É melhor eu voltar para a festa e procurar Liz e o namorado", disse Simon, dando um aceno final a Jaque e Rob.

"Vou ficar e fazer companhia para Jaque", disse Rob, infelizmente lembrando Jaque do que ele tinha planejado fazer, e aparentemente intencionado a segui-la até seu quarto.

"Não, você vai voltar para a festa também", Jaque disse, levantando a mão em sinal de bloqueio como a polícia sempre faz para parar pessoas, alterando o tom da voz para algo absolutamente autoritário.

Rob não estava bêbado, mas estava certamente no caminho. Ele deu uma golada da garrafa de champanhe, secou a boca, e sorriu para Jaque.

"Certo, vou esperar. Você me deve outra dança."

Jaque assentiu, notando que Simon ainda estava lá, e que não se moveu até Rob voltar para o salão cantando a plenos pulmões a música pop que tocava.

"Tem alguma coisa que você queira dizer?", Jaque perguntou, porque Simon voltou a parecer ambíguo. Ele realmente ficava desconfortável assim por causa dela?

"Aquele caso,", Simon disse, verificando que não havia ninguém perto o suficiente para ouvir. Teria sido difícil, entretanto, porque Rob não fechou as portas quando voltou para a festa.

"O garoto desaparecido?"

"Sim."

"O que tem ele?"

"Você provavelmente já notou, mas isso tem me incomodado", Simon disse com a voz tão baixa que Jaque quase não o ouviu com o barulho.

"O que tem te incomodado?", Jaque perguntou, o que fez Simon se assustar e dar um passo para trás.

"Aquele menino, Chazza... ele me deu a impressão, só por um minuto, de que havia alguém por trás do que eles fizeram."

Jaque não tinha pensado em nada disso e sentiu uma pontada alarmante. Ela não sabia se era por causa do caso de Simon, mas sentiu alguma coisa estranha.

"O que te fez pensar nisso?"

"Vocês não gravaram minha reunião com ele?"

"Sim, claro!", Jaque disse, culpadamente ciente de que ela havia assistido ao vídeo várias vezes, mas se concentrou mais em Simon do que no que o garoto tinha dito.

"Assista de novo, talvez", Simon disse, assentiu, e se afastou rapidamente.

Jaque pensou em segurar o braço dele e fazê-lo explicar, mas não era hora para isso. Então, ela anotou mentalmente o que fazer e foi se trocar.

9

— · —

Algumas semanas de rotina fizeram Simon sentir que a vida estava finalmente voltando ao normal. Ele até parou de tomar os sedativos que a Dra. Nobel receitou. Entretanto, quando a campainha da sua casa disparou uma única vez, uma onda chocante de medo invadiu seu corpo e ele olhou para o relógio da cozinha: oito da noite.

Suas mãos começaram a tremer de nervoso e ficou pior quando ele viu a Detetive Burnham pela câmera. O que diabos ela quer?

"Sim?"

Simon examinou sua imagem oscilante com olhos de gavião. Ela parecia estar sozinha.

"Desculpa te incomodar tão tarde, mas vim pedir desculpas. Apropriadamente desta vez."

"Você não precisa de ajuda com inquéritos policiais de novo?"

Simon estava ficando mais assustado. E se o resto do esquadrão policial estivesse esperando na esquina?

"Vim aqui em capacidade privada. Bem, parcialmente tem relação com o trabalho porque quero me desculpar pelo meu comportamento como detetive. Mas também—"

Simon não queria que os vizinhos ouvissem o que Jaque estava dizendo, então abriu a porta.

"Obrigada", Jaque sorriu de forma aterrorizantemente amistosa enquanto entrava no apartamento. Ela levantou uma sacola de plástico e disse: "Eu trouxe comida e bebida como pagamento."

"Perdi o apetite", Simon disse enquanto seguia Jaque relutantemente.

Ela colocou a sacola na mesa da sala de jantar e foi até a cozinha, onde abriu portas e gavetas até encontrar pratos, talheres e dois copos.

"Perfeito", ela disse, tirando a bolsa e pendurando-a na cadeira mais próxima e se sentando. "Você gosta de curry, Simon?", ele assentiu, o que a fez sorrir de novo para ele. "Não dá para errar pedindo curry, não é mesmo? Pedi médio-picante porque não sabia como você gostava."

Simon sentiu como se sua vida tivesse se tornado surreal. Ele nunca tinha tido visita. Não desde os últimos cinco anos que tinha morado naquele apartamento, e agora esta mulher estava ali pela segunda vez. E para completar, ele nunca tinha comido acompanhado somente de uma pessoa na vida adulta.

Ele tinha sido supercuidadoso para não fazer isso, especialmente com mulheres. E isso tudo estava acontecendo só porque alguém que ele conhecia desapareceu. Ele ficou agitado.

"O que... o que você quer?", ele perguntou, sentando-se do outro lado da mesa, de frente para Jaque.

Jaque tirou as tampas de três potes de papel alumínio, liberando o cheiro de curry e arroz basmati pelo apartamento todo.

"Ah, sim, isso. Desculpa, não como faz dias, e estou faminta."

"Você não come há dias? Por que?"

"Outro caso importante. Alegrias de trabalhar na divisão de crimes sérios em uma cidade grande. Acabamos de finalizar tudo", Jaque disse, colocando exatamente a metade do arroz no seu prato e duas colheradas grande dos dois tipos de curry de cada lado. Um deles era vermelho intenso e o outro amarelo cremoso. "Quer ouvir sobre o caso?"

"Seu caso?", Simon sentiu que a noite estava ficando ainda mais peculiar, mas não de um jeito bom. "Por que você me contaria?"

"Não sei", Jaque disse, comendo uma colherada gigante de curry e arroz. "Talvez porque você entenderia. Eu geralmente vou para o meu apartamento vazio e não tenho ninguém com quem conversar. Não que meus colegas casados tenham muito a dizer para seus respectivos companheiros. Existe a confidencialidade, exigências legais e—"

"Se existe a confidencialidade e exigências legais, você não deveria me dizer nada."

"Preciso ser cuidadosa, sim, mas posso dizer algumas coisas... como estou me sentindo uma merda, ou que tudo tem sido muito estressante. E posso falar sobre o que já saiu no registro público. Sem falar sobre o exercício de privar as pessoas que eu amode ouvir certos horrores, porque é melhor mesmo eles nem saberem. Mesmo assim, ter alguém para poder chorar um pouco às vezes seria bom."

"Chorar um pouco?"

Simon estava tentando entender o que diabos aquilo tinha a ver com ele? Talvez Sarah também tivesse encorajado Jaque a sair com ele.

"Eu realmente não quero saber sobre o seu trabalho."

"Por que não?", Jaque disse, olhando para Simon com o seu melhor olhar investigador policial.

Pelo menos foi assim que ele sentiu.

"É que... me dá gatilhos", ele disse, e esperou que ela fosse deixar o assunto de lado.

Jaque o encarou por um momento, pensando.

"Ok. Justo. Entendo. Não é tudo superdivertido o tempo todo mesmo..."

Agora que Simon tinha olhado para Jaque por um bom tempo, ela estava cinza de exaustão e bolsas roxas se formavam sob seus olhos. Ele se sentiu mal por ela pela primeira vez.

"Talvez você devesse mudar de emprego."

"E quem prenderia os caras maus?", Jaque sorriu cansadamente para ele, era um sorriso vulnerável que irritou Simon ainda mais. "Enfim, não é por isso que estou aqui."

"Você disse que veio se desculpar, mas já se desculpou."

"Ah, sim, eu te devo desculpas pelas desculpas também. Eu não sei no que estava pensando quando apareci aqui bêbada. Sarah me disse que você ficou realmente desconfortável com isso, e era a última coisa que eu queria. Desculpa. Por isso, o pedido de desculpas adequado e sóbrio agora. Eu queria ter feito isso antes, mas com o casamento e o novo caso, não tive tempo."

"Tudo bem."

Simon finalmente se serviu de comida. O cheiro intenso o fez salivar, mesmo que ele não quisesse comer.

Entretanto, colocar arroz e curry no seu prato o manteria ocupado.

"Experimente o pão indiano. Está delicioso!", Jaque disse, enquanto partia um pedaço de pão indiano com os dedos, enfiava no curry vermelho e comia. "Eu sei que você não quer falar sobre o meu trabalho, mas posso te perguntar algumas coisas sobre aqueles meninos, Chazza e Miles?"

"Ok", Simon respondeu, perguntando-se, se Jaque tinha investigado sobre o que ele tinha dito no casamento.

"Por que você escreveu as perguntas no papel? Por que você não pediu a eles que te dissessem onde Brad Davis estava?"

Ah, uma pergunta mais básica do que ele esperava, mas de fácil resposta.

"Você perguntou isso a eles o dia todo, não perguntou?"

"É claro, e não deu certo, por isso nós imploramos pela sua ajuda."

"Então se eu tivesse perguntado a eles do mesmo jeito, eles teriam me dito a mesma coisa que já tinham dito a vocês. Na verdade, foi o que Miles fez, desenhando aqueles pênis no papel."

"Sim, ele é um merdinha, aquele lá. Mas Chazza te contou."

Simon assentiu e correu seu garfo pelo arroz, pegando uma porção adequada.

"Mudei a abordagem."

"Hm?"

"Preciso fazer isso com alguns clientes às vezes. Quando recebemos um briefing e não conseguimos chegar em um acordo, altero a forma de trabalhar, para encontrar uma solução diferente. Geralmente, conversamos e criamos tópicos, então dou a eles lápis de cor e peço que eles desenhem o que querem, ou dou argila para eles manipularem enquanto conversamos. Essas atividades as vezes quebram as barreiras mentais, e ajudam as pessoas a verem por uma nova perspectiva."

"E foi isso que você tentou com os meninos."

"Eu também disse a Chazza que ele tinha escolha: ficar com a mãe ou se afastar dela. Eu não sabia o que ele escolheria."

"Parece que ele achou que ela seria a melhor opção."

"Mas agora eles vão ser julgados porque vocês sabem o que eles fizeram com Brad, não é?"

"Provavelmente. Eles bateram tanto nele que ele entrou em coma, e então eles o amarraram na cabana para ele não conseguir fugir. Foi brutal. Eu acho que você estava certo sobre Miles. Ele é desagradavelmente complicado..."

Simon assentiu e enfiou o arroz que ele tinha separado na sua piscina de curry amarelo e começou a misturar.

"E minha segunda pergunta...", Jaque disse, partindo outro pedaço do pão. "Aquilo que Chazza disse sobre ele ficar bem por ser menor de idade... foi isso que te fez pensar que mais alguém está envolvido nessa história?"

Então eles finalmente chegaram no assunto, e ele suspirou, desejando não ter dito nada. Por que ele havia se envolvido ou até mesmo desperdiçado um segundo do seu tempo pensando nisso?

"Provavelmente não é nada. Só um pressentimento, por causa da forma como o menino falou."

"Como ele falou e não o que ele falou?"

"Ele pareceu com medo, mas só por um segundo antes de voltar a fingir que estava tudo bem."

Jaque assentiu, parecendo ponderar sobre o assunto, o que surpreendeu Simon. Ele esperava que ela fosse dispensar a ideia logo de cara. Afinal de contas, não valia muito a pena mencionar sua suspeita vaga.

"Você não quer falar sobre isso, quer?", Jaque disse. "Nem eu, na verdade. Vamos mudar de assunto, então... você vai viajar para algum lugar legal nas férias?"

Instintivamente, Simon queria responder que não era da conta de Jaque. Parecia que ela estava tentando obter informações sobre ele. Então ele se lembrou que o tópico principal de conversas no escritório eram os planos para as férias de verão.

"Não fiz planos ainda. Geralmente tiro férias depois que as aulas começam."

"Ah, os pequenos prazeres de poder marcar férias independente de filhos.", Jaque disse. "Um dos poucos benefícios de ser solteira e não ter filhos."

Ela o olhava agora com a expressão universal que Simon havia aprendido, que indicava que ela perguntou sobre as férias dele porque queria falar sobre as dela. Ele era péssimo em conversas quando finalmente foi para o mundo real, mas pelo menos aprendeu que quando as pessoas perguntavam esse tipo de coisa, era educado reciprocar.

"O que você está planejando fazer nas férias?"

O sorriso de Jaque informou a Simon que ele tinha feito certo.

"Presumindo que nenhum caso urgente caia nos nossos colos, vou para a Cornualha. Mal posso esperar. Só eu e minha ir—"

Jaque parou tão abruptamente que fez Simon desviar o olhar do mexidão de curry de duas cores e arroz que ele tinha feito no seu prato.

"Desculpa", ela disse, sorrindo envergonhadamente para ele. "Eu costumo ser cuidadosa com o que conto para as pessoas sobre minha família, porque trabalho para a polícia. Quanto menos gente souber, melhor."

"Tudo bem, você não precisa me contar."

Simon não estava mesmo tão interessado. Talvez Jaque pensasse que ele estivesse mais interessado do que realmente estava.

"Bem, eu sei tudo sobre você, até as partes que você escondeu, então acho que tudo bem. E você provavelmente já adivinhou mesmo... vou viajar com a minha irmã. No passado, eu viajava com a Sarah, mas não vai mais ser possível. A menos que eu consiga convencê-la a fazer viagens curtas de fim de semana. Mas não vai ser o mesmo. Você geralmente viaja de férias com outras pessoas?"

"Não."

"Excursões?"

"Também não."

"Então você viaja sozinho nas férias?"

A conversa estava ficando muito intrusiva e Simon estava relutante em dizer mais.

"Eu geralmente só fico em casa, pintando."

A expressão de Jaque era a mesma que ele costumava receber dos colegas, então começou a mentir para eles sobre suas férias.

"Jesus! Você tem amigos?"

"Você sente muito por mim?', Simon disse e sentiu a raiva no seu peito. "Porque você não precisa. Estou perfeitamente contente com a minha vida."

"Mesmo assim... é impossível ser feliz sozinho."

"Sou mais feliz do que nunca na vida", Simon disse e era verdade.

"Você já saiu de Londres?"

"Fui ao casamento da Sarah."

"Ah, então você foi longe! Duas horas de carro pelo obscuro condado do Kent", Jaque disse com muito sarcasmo. "Você já saiu do país? Ou melhor, você tem passaporte?"

Simon não tinha, mas não ia dizer a ela.

"Conte-me mais sobre sua família", ele disse com o olhar desafiador. "Você tem mais irmãos?"

A vantagem de conversar com policiais é que eles são bons em ler as pessoas, então Jaque aceitou que tinha ido longe demais.

"Além da minha irmã, que é advogada, tenho um irmão músico. Minha mãe é professora assistente e meu pai é vendedor de carros. Nascemos e fomos criados em Croydon, e meus pais ainda moram lá."

Jaque virou a cabeça como quem diz 'aí está, mais alguma coisa?'

"Ah, tá", foi tudo o que Simon conseguiu dizer.

Ela comeu uma colherada de curry maior do que pretendia e mastigou, meditando, enquanto ele encarava o pote de molho vermelho que cobria pedaços de frango tandoori.

"Desculpa, de novo. Não vim aqui para brigar.", Jaque suspirou profundamente, esticou os braços para cima e olhou ao redor, exausta. "Acho que você não tem um quarto extra, tem?"

"O que? Não", esta mulher estava mesmo se convidando para dormir na casa de Simon? A coragem dela o deixou perplexo.

"Desculpa, só estou brincando!", Jaque disse. "Eu nunca faria isso. Apesar de que em momentos como esse, em que meu corpo parece pesado como chumbo, eu queria que teletransporte existisse e que alguém pudesse me fazer aparecer na minha casa em um instante."

"Termine sua comida e vá."

Simon ficou de pé e começou a limpar os restos da comida nos potes. Ele estava ciente de que Jaque o assistia, mas estava preocupado demais com o que ela poderia dizer para olhar para ela. Então ele só levou a louça toda para a pia e começou a lavar tudo, mantendo-se de costas para ela. Ele rezou o tempo todo para Jaque entender o recado. Mas não ouviu a cadeira se mover, ou qualquer outra coisa que indicasse que ela estava indo embora.

Finalmente, ele terminou tudo e se virou, preparando-se para dizer a Jaque que fosse embora. Mas sua determinação e as palavras que ele tinha ensaiado desapareceram. Ela pegou no sono, com a cabeça apoiada nos braços que estavam dobrados sobre a mesa de jantar.

"Merda!", Simon murmurou. "Isso de novo."

Então ele pegou o cobertor que ela tinha usado da última vez, colocou sobre os ombros de Jaque, e foi para o quarto. Outra noite sem dormir. Simon conferiu se o sistema de vigilância estava funcionando de novo. Depois, ele fechou a porta do quarto e pensou em trancá-la, mas desistiu. Ela já estava dentro da casa dele, no fim das contas.

Então ele se deitou na cama, abriu seu iPad, clicou no ícone da Netflix e começou outra série.

Seu pescoço rígido finalmente ficou tão desconfortável que Jaque abriu os olhos, só para descobrir que ela tinha adormecido na mesa da sala de jantar de Simon. Deus, isso exigiria outro pedido de desculpas! Ela não tinha a intenção de fazê-lo, pois era claro que Simon ficava desconfortável com sua presença.

Simon tinha deixado uma luz acesa e ela olhou para o relógio. Era uma da manhã. Tarde demais para pegar o metrô, e ela não conseguiria encarar um ônibus noturno, nem queria gastar dinheiro com um táxi, especialmente porque só levantar a bunda da cadeira parecia muito esforço.

Ela olhou em volta com tristeza, viu o sofá e se levantou. O cobertor, que ela não tinha notado envolto em seus ombros, caiu no chão. Simon novamente. Ele foi surpreendentemente atencioso com alguém que ele não estava feliz em ter por perto. Doeu quando ele disse a ela para ir para casa. Ah, bem, ela teria tempo suficiente para pensar nisso mais tarde.

Por agora, Jaque pegou o cobertor, deitou-se no sofá, tirou os sapatos, afofou uma almofada enquanto empurrava as outras para o chão, se curvou em posição fetal, e voltou a dormir.

———

Jaque dormiu mais do que pretendia, mas acordou se sentindo dura e amassada no sofá. Ela rolou e encontrou o sol brilhando em um cômodo vagamente familiar. Era incrível como a luz fluindo através de uma janela do chão ao teto, suavizada por uma cortina branca, fazia o lugar parecer muito diferente.

Ela se perguntou onde ela tinha colocado sua bolsa para checar seu telefone, então percebeu que ela poderia ver o relógio dali também. Já passavadas nove e meia. Droga, ela devia estar cansada. Ela também não se sentia particularmente confortável agora. Mobília do meio do século pode ser elegante, mas não é lá muito acolchoada.

Jaque gemeu, empurrando-se para cima, e se esticou para destorcer o corpo. Ao fazer isso, ela notou o cavalete no lado oposto da sala, com uma grande tela apoiada sobre ele. Caminhou naquela direção e descobriu que era uma versão semiacabada de uma nuvem *cumulus nimbus* imponente. Então Simon foi quem pintou todos os quadros do céu pendurados nas paredes, hein? Ele tinha talento.

Onde ele estava? A porta do quarto estava fechada, mas considerando a hora... Mas bem, era sábado, então talvez ele estivesse na cama. Jaque bateu na porta, mas não obteve resposta. Ou ele estava dormindo, ou ele a estava evitando, ou ele tinha saído. Importava a alternativa correta?

Ela considerou abrir a porta, mas achou melhor não. Tinha a sensação de que ele não se esconderia em seu quarto. Ele foi bem direto quando pediu a ela que fosse para casa. Era mais provável que ele saísse e a apressasse para ir embora do que esperasse que ela fosse por espontânea vontade. E bem, ela esperou que ele tivesse tudo o que ela precisava para uma xícara de chá na cozinha espartana dele. Então ela sairia do seu caminho.

Ela foi para a cozinha e viu um Post-it amarelo brilhante anexado à sua bolsa no centro da mesa da sala de jantar.

Pode comer o curry se quiser. O bilhete havia sido escrito com a letra cursiva extraordinariamente simétrica de Simon. *Por favor, deixe a chave onde deixou da última vez.*

Simon

Bem, pelo menos ele tinha assinado. Jaque supôs que fosse um progresso. Progresso? Por que ela queria progresso? Deste homem em quem ela não conseguia confiar. E bom, ela parecia estranhamente inclinada a dormir na casa de alguém em quem não confiava. Se ele fosse perigoso, era uma estupidez a se fazer. Então por que ela já tinha feito isso duas vezes?

Essa era uma pergunta que ela precisava discutir com uma amiga, Sarah, talvez? Ela pegou o celular e mandou uma mensagem.

Você quer tomar brunch ou o júbilo marital vai te manter longe de mim?

Segundos depois, seu telefone vibrou.

Já sou viúva do rúgbi. Brunch é uma ótima ideia.

"Viúva do rúgbi?", Jaque disse, enquanto Sarah trilhava seu caminho por diversas mesas externas no café do parque onde Jaque já tinha se sentado, no seu lugar favorito. Havia sombra de uma árvore para ela e sol para Sarah. Do jeito que as duas gostavam.

"Aaron está no clube de rúgbi enquanto conversamos. Aparentemente, os caras não conseguem viver sem ele, principalmente porque ele ficou fora durante nossa lua-de-mel."

"Achei que rúgbi fosse um esporte de inverno."

"Pelo visto, é esporte de ano todo para os amadores. Uma forma de fazer exercício e ficar com os amigos. Não me importo. Assim, posso sair com meus amigos quando quiser, sem nenhuma discussão."

"Fico feliz de ouvir isso", Jaque disse, e era verdade.

Ela tinha ficado preocupada com a frequência com que veria a melhor amiga depois de casada.

"E então, como você está?"

"Acabei dormindo na casa de Simon de novo."

Sarah ficou tão surpresa que quase deixou o cardápio que olhava cair.

"Você e ele...", Sarah terminou a frase com um gesto explícito com as mãos.

"Não! Eu dormi na mesa de jantar dele. A última vez que eu dormi assim foi durante nossas aulas de química."

"Eu lembro", Sarah disse com uma risada. "Nenhuma de nós conseguia ficar acordada com aquelas chatices. Mas, o que mais eu poderia dizer sobre Simon... o homem te entediou tanto que você dormiu!"

"Não foi ele. Eu estava tão exausta que dormi sem nem perceber."

"E ele te deixou lá? Espera. Não. Nisso eu não acredito."

"Ele já tinha saído quando acordei."

"Entendi", Sarah disse vagamente, pegando o cardápio e olhando com um pouco mais de atenção, embora ela fosse pedir o de sempre - agora que não estava mais de dieta. "Então... você gosta dele?"

Jaque deu de ombros.

"Honestamente, não sei o que me deu recentemente. Corro por aí feito uma maluca, tendo encontros sempre que estou livre nos finais de semana, mas não gostei de nenhum homem o suficiente para ir além de um jantar ou, raramente, uma noite juntos..."

"Isso inclui Rob?"

"Estou deixando as coisas esfriarem. Saí com ele e não gostei. Ele é muito mandão. Ele decidiu aonde iríamos, me disse o que era bom no cardápio, e fez cara feia quando escolhi outra coisa. Eu tentei, honestamente, mas não sinto nada por ele."

"Não faça nada que você queira por minha causa, ou porque você acha que está ficando para trás.", Sarah disse mais seriamente.

O garçom apareceu naquele momento, dando a Jaque a chance de reunir seus pensamentos, enquanto Sarah pediu uma torrada de abacate para si mesma e o mesmo para Jaque, que assentiu com a cabeça.

"Acho que tudo começou quando a Ellen se casou e agora já tem dois filhos, depois meus amigos de escola e da universidade, e agora você. Até o Noel já está falando sobre casamento."

"Bom, sua irmã é mais velha que você, então é compreensível."

"Sim, mas o Noel é três anos mais novo que eu."

"Mas ele namora a mesma garota desde o ensino médio."

"E os nossos outros amigos? Sou a única solteirona."

"Mas o que você está buscando? Se você não tivesse um motivo, não estaria tão obcecada."

"Acho que... quero aquela alma-gêmea de que todos falam. Sabe, aquela pessoa que te dá o ombro para chorar quando você tem um dia ruim. A pessoa com quem você se sente confortável, viaja de férias, e vai a festas sem se sentir estranha. Quero alguém para ficar perto, e que queira ficar perto de mim. Por Deus, pareço tão patética dizendo isso em voz alta."

"Isso nem sempre é maravilhoso, sabe... às vezes sua própria alma-gêmea teve um dia horroroso, coisas para fazer, e interesse nenhum em te dar suporte emocional. Às vezes, estar na mesma casa com alguém pode parecer mais solitário do que morar sozinha."

"Por Deus, Sarah, você está bem?", Jaque perguntou, de repente preocupada com a amiga.

"Está tudo bem, de verdade. Prefiro estar com o Aaron a estar sem ele. É que as questões reais dos casais casados são menos faladas do que as fantasias. Ser casada dá trabalho."

"Eu acho que sei disso melhor do que a maioria das pessoas. Separei muitos cônjuges brigando quando era policial de rua."

Jaque não mencionou os assassinatos de família que ela tinha visto também. Ela não queria acabar com o clima delas.

Sarah assentiu, então esperou o garçom voltar e colocar seus pedidos diante delas, deixando moedores de sal e pimenta no meio da mesa enquanto Jaque mergulhava de cabeça. Sarah, como de costume, não os tocou.

"Sabe...", Sarah disse enquanto mordia sua torrada, "uma das vantagens de Simon é que ele já sabe o que você faz."

"Sabe muito bem."

Jaque manteve suas próprias suspeitas sobre Simon e sua associação não muito boa com a polícia—para dizer o mínimo—para si mesma.

"Ele acha que você não gosta dele."

"Como você sabe?"

"Ele me disse, depois que você dormiu lá bêbada. E ele pareceu saber sua opinião com muita certeza, mas bem, ele não é tão bom leitor de pessoas..."

"Ele também me mandou ir embora. Então provavelmente, você está certa. Sendo assim, eu deveria deixá-lo em paz. Afinal, já fiz o que queria: eu me desculpei. Não tenho motivo nenhum para vê-lo novamente."

"E ainda assim, aqui estamos nós, falando sobre ele!"

"Sim."

Jaque piscou para Sarah como se ela tivesse descoberto o fogo.

"Por que?", Sarah perguntou.

"Boa pergunta! Acho que... ele é bonito?"

"E..."

"Como você disse, ele já sabe o que eu faço."

"E?"

"Ele tem uma certa... competência", disse Jaque, elaborando melhor a resposta, porque agora ela também queria saber o motivo pelo qual Simon a atraía.

"Ele é bom no que faz...", Sarah disse. "E temos que admirar o que ele já conseguiu, sendo órfão e etc."

"Ah, sim."

Jaque desejou ter perguntado a história falsa de Simon, porque tinha acabado de ser dar conta de que não sabia e não queria expor o rapaz inadvertidamente. Se Sarah soubesse a verdade... bem, ela nunca saberia. Era o melhor para todos.

Mas na verdade, considerando sua história de vida, Simon tinha dado muito certo na vida. Crianças com histórias bem menos trágicas se tornaram adultos falidos ou fracassados.

"Então quais são os contras de um relacionamento potencial com Simon?", Sarah perguntou.

Seu passado criminoso, Jaque pensou. Mas honestamente, isso importaria se ninguém, nem mesmo seus colegas, soubessem? Se eles ficassem juntos, o que era bem improvável, ele seria meramente seu namorado designer e cheio de rococó.

"Ele não gosta de mim."

"Ele não namora. E recentemente, todos descobrimos que ele não é gay", Sarah disse, e depois contou a história do estagiário para Jaque. "Uma vantagem é que Simon diz as coisas muito diretamente, então ele vai te dizer o que pensa de vocês dois."

"Isso pode ser uma desvantagem se ele não gostar de mim."

"Pelo menos você não vai perder tempo com ele se ele não tem interesse."

"Agora só preciso saber se eu estou interessada", Jaque disse, tomando um gole de chá.

"Não estaríamos falando sobre ele se você não estivesse."

10

S IMON FICOU ALIVIADO EM encontrar sua casa
vazia e totalmente sua quando voltou carregando
suas compras semanais. Ele foi conferir as câmeras como
fazia todos os dias, passando pelas gravações.

Geralmente, era só ele saindo para trabalhar de
manhã e voltando à noite. Mas naquele dia, as imagens
mostravam Jaque andando pela casa.

Pelo menos ela tinha achado o bilhete. Como da
última vez, ela também tomou banho. Ele deveria ter
deixado uma toalha limpa para ela de novo também,
ele pensou, quando a viu aparecer enrolada na toalha
dele, que cobria o suficiente requerido pela decência,
mas deixava muita coisa à mostra. Ela estava segurando
suas roupas e indo na direção da máquina de lavar.

Um tremor incomum o deixou enjoado quando
olhou as pernas longas e musculosas da detetive. Cristo,
o que foi isso? Às vezes ele se sentia desesperado por
um pouco de intimidade, mas a sensação sempre vinha
acompanhada por uma dose de náusea.

Ele se sentiu como um pervertido e achou que seria
melhor parar de assistir, mas não parou. Ele acelerou o
vídeo e assistiu a detetive sair do chuveiro, pegar suas

roupas e desaparecer para se vestir. Então ela voltou, abriu as gavetas da escrivaninha e procurou alguma coisa.

Que merda ela achava que estava fazendo? Ela pegou um dos seus Post-its e deixou uma mensagem para ele na geladeira. Simon assistiu até o final da gravação e a viu deixar a casa antes de correr para a geladeira. Grudado no pote de curry havia um bilhete.

Oi Simon,

Você deveria comer isso. Não desperdice meu dinheiro. E me desculpe por pegar no sono. Não foi intencional. Obrigada por ter me aguentado ontem e pelo cobertor.

Bjo bjo, Jaque

Ele leu o bilhete algumas vezes, mas não conseguiu decifrar o que significava, especialmente a última parte. Sua experiência limitada no trabalho havia ensinado que Post-its nunca eram assinados com um beijo, e com certeza muito menos a dois. Não a menos que a mulher estivesse flertando. Não importava como Simon olhasse para a situação, era pouco provável que Jaque flertasse com ele.

A decisão de afastar Jaque da sua cabeça e fazer isso de verdade acabaram sendo duas coisas totalmente diferentes. A habilidade de Simon em se concentrar no seu trabalho e na sua pintura ficou tão comprometida que, na segunda-feira à noite, ele foi parar novamente no sofá da Dra. Nobel.

"Eu devo ser o mais maluco de todos", ele disse, roçando as mãos juntas e encarando os dedos.

"Por que você acha isso?", Dra. Nobel perguntou.

Era uma abertura familiar que fez Simon sorrir apesar da sua vergonha.

"Acabei de ouvir sua secretária dizer que você não tem vaga para os próximos seis meses, mas sempre consigo uma consulta no dia em que eu ligo."

"É porque você é um dos meus meninos."

"Como assim?", Simon perguntou, enquanto olhava para o rosto sorridente e reconfortante da Dra. Nobel.

"Há uma meia dúzia de pacientes que tem um espaço especial no meu coração. Tenho muito orgulho da forma como vocês abriram suas asas e viraram membros funcionais da sociedade."

"Não tão funcional...", Simon disse e voltou a encarar seus dedos entrelaçados com força.

"Você precisa de mais ansiolítico?"

"Não... ainda tenho metade da última prescrição."

"Que bom saber. Então sobre o que você quer falar hoje?"

"Eu... eu estava me perguntando se... se você acha que eu poderia ter... um relacionamento com uma mulher?"

Simon conhecia a técnica de deixar o paciente preencher o silêncio da Dra. Nobel. Aquilo o fazia balbuciar com frequência. Mas ele não tinha mais nada para dizer, então olhou para ela. Sua cabeça estava inclinada para o lado.

"Você não tem um relacionamento normal com nenhuma mulher? Bom, comigo sim, e pelo que você me contou das suas colegas de trabalho, também me parece bem normal..."

Simon estava se arrependendo de tocar no assunto. Ele tinha acabado de perceber que a Dra. Nobel presumia certas coisas sobre ele, e que ele agora estava se expondo.

Aquilo o fez achar que tinha falhado em corresponder às expectativas dela.

"Nunca... nunca fico sozinho com elas... mulheres, quero dizer. Tenho muito medo do que pode acontecer."

"O que você acha que pode acontecer, Simon?"

"Não sei", mais uma vez o silêncio que deveria ser preenchido por ele, e dessa vez, Dra. Nobel parecia disposta a esperar. "Tenho medo do que pode acontecer se eu sair com alguém e ela desaparecer."

"E por que ela desapareceria?"

"Mulheres desaparecem o tempo todo. Liz desapareceu. Todas aquelas mulheres com quem Gregory Black saiu desapareceram. Eu sei que parece estupidez agora que falo isso em voz alta, mas fico apavorado", Simon disse com a voz apertada e as mãos trêmulas.

"Você tem medo do que você pode fazer se ficar sozinho com elas?"

Simon olhou para cima, surpreso pelo fato de Dra. Nobel ter entendido mal.

"Não vou machucá-las. Só tenho muito medo de tocá-las. E os sons... quando ouço pessoas beijando no metrô, ou só... é a mesma coisa.... é igual quando meu pai... quando ele as estrangulava. Engasgos e grunhidos..."

"Entendo", disse Dra. Nobel, inesperadamente interrompendo a fala de Simon, "isso está profundamente gravado no seu trauma, e não há necessidade nenhuma de falarmos de coisas tão dolorosas hoje."

Simon suspirou com alívio e esfregou as mãos nos olhos, tentando recuperar sua compostura.

"Ao invés de falarmos do passado, por que você não me conta o que aconteceu para você se fazer essa pergunta? Você gostaria de ter um relacionamento melhor com mulheres em geral ou talvez haja uma mulher em particular...?"

É claro que Dra. Nobel decifraria, Simon pensou. E bom, foi por isso que ele foi até ela, para discutir coisas que não poderia contar a outras pessoas.

"Essa mulher... ela vive aparecendo na minha vida."

"Entendo."

Maldita Dra. Nobel e suas respostas evasivas.

"Não acho que ela goste de mim, e tenho quase certeza de que não gosto dela, mas tampouco consigo parar de pensar nela."

"Quando você diz 'aparecendo na sua vida', o que você quer dizer?"

"Ela é uma dos detetives que me prenderam outro dia. Mas nós tínhamos nos conhecido antes em um evento do trabalho, e depois disso ela e o parceiro pediram minha ajuda com alguns delinquentes. Então acabamos discutindo sobre o assunto e ela foi até a minha casa, bêbada, para se desculpar, e acabou dormindo no meu tapete. Depois ela voltou para se desculpar, sóbria, e dormiu de novo. Ela ainda estava lá de manhã, então saí para fazer compras, e quando voltei, ela já tinha ido embora. Eu tinha até comprado mais comida, no caso de ela querer tomar café da manhã."

"E você acha que esta mulher não gosta de você?", Dra. Nobel disse e soou menos neutra do que o usual.

"Ela é policial e sabe tudo sobre o meu passado. E ela é insistente e brusca."

"E do que você gosta nela?"

"Gosto?", Simon respondeu, surpreso. Dra. Nobel levantou uma sobrancelha e assentiu. Mas ele realmente precisava pensar na resposta. "Ela é bonita, eu acho. Não deslumbrante, mas... bonita. E ela é bem atlética. Suas pernas...", Simon corou. "Ela podia acabar comigo sem nem suar. Mas acho que a maioria da pessoa conseguiria isso. Sou um fracote de escritório."

"E o que mais?"

"Ela me parece muito profissional e dedicada ao trabalho. Quando eu a vi na delegacia de polícia pela segunda vez, ela estava muito focada. Sem brincadeira. Não sei, ela me pareceu muito descolada."

"E o que vai acontecer se você nunca mais a vir?"

"Acho... que só vou viver como vivia antes."

"E você vai querer um relacionamento com qualquer outra mulher?"

Simon inclinou a cabeça, pensando.

"Às vezes eu acho que sim, e às vezes acho que estou bem do jeito que estou. Mas... talvez eu deva tentar superar meus problemas."

"Você sabe como eu trabalho, Simon", Dra. Nobel disse, saindo de trás da mesa e sentando-se na poltrona ao lado dele.

"Sim, eu sei, o paciente precisa querer mudar, do contrário, não conseguimos nada."

"Você se importa em segurar minha mão?", Dra. Nobel perguntou, levantando a mão esquerda com a palma para cima.

"Agora?", Simon respondeu com o estômago apertado de nervoso.

"Você já fez Terapia Cognitivo-Comportamental antes. Você sabe como pode ajudar."

"Eu sei", Simon disse, mas sua mão tremeu quando ele a colocou no topo da mão da Dra. Nobel.

"Eu só queria medir o que precisaremos fazer. Não vamos mais longe hoje."

"Desculpa, acho que te decepcionei", Simon disse, tentando não se contorcer enquanto segurava a mão da doutora.

"Não. Por quê?"

"Não sou tão ajustado quanto você pensava."

"Você acabou de dar um passo muito grande, e eu na verdade nunca estive mais orgulhosa de você quanto agora."

Simon confiava em Helen Nobel e geralmente acreditava em tudo o que ela dizia, mas aquela foi uma reação estranha para ele. Ele também não conseguia se concentrar enquanto ela segurava sua mão. Ele cuidadosamente afastou a mão, encarando a médica. Ela não fez nenhum comentário e simplesmente cruzou as mãos no colo.

"Então o que eu deveria fazer agora?", Simon perguntou, e imediatamente se arrependeu, porque ele supostamente deveria encontrar suas próprias soluções. Era assim que Dra. Nobel trabalhava.

Mas para a surpresa dele, ela disse: "Se você está genuinamente interessado nesta mulher, então você deveria tentar se aproximar dela."

"Sério? Eu?"

"Encontros em geral, mas especialmente esta primeira conexão, é difícil para todo mundo. A pergunta 'será que ele ou ela gosta de mim?' passa pela cabeça da maioria das pessoas. Pelo que você me contou, essa detetive foi quem iniciou o contato até agora. Mas se a recíproca não existir, ela vai achar que você não está interessado, e vai seguir a vida."

Simon assentiu. Fazia sentido. "Mas—"

"Vou deixar o resto com você. Pense e marque outra consulta com a secretária se e quando você estiver pronto para continuar a fazer TCC."

11

"P OR QUE VOCÊ ESTÁ tão nervoso?", Sarah perguntou enquanto ela e Simon esperavam no foyer da galeria, na frente da peça central gigante da exposição anual de arte da empresa. Era uma escultura incomum de bronze, de pessoas bem-vestidas lutando em uma enorme pilha chamada Babilônia Moderna. "Você ainda não acha que esta é a melhor obra para o hall de entrada?"

Simon deu de ombros. A escultura era a última coisa na qual ele estava pensando.

"É tecnicamente bem-feita e certamente chama a atenção. Vai ficar boa no lobby de alguma multinacional."

"Seria muito irônico se alguma dessas empresas fizesse isso", Sarah disse com uma gargalhada. "O artista especificamente disse que esta obra é um comentário contra o consumo de massa e a globalização."

"É, bem... a maioria dos CEOs de empresas enormes nem sabe, nem se importa com as simbologias da arte."

"Não é uma opinião que devemos emitir já que convidamos todos os CEOs que pudemos, além da nata da sociedade."

"Você também convidou a Jaque?"

Não havia sentido em rodear para perguntar. Sarah teria entendido sua intenção mesmo se ele tivesse tentado ser sutil.

"É por isso que você está tão bem-vestido?"

E era. Simon tinha tido um cuidado especial e estava usando calças cinza prateado escuras e uma camisa cinza clara de bambu de manga longa com um brilho discreto.

"Você acha que ela vai notar?"

"Jaque nota tudo. É parte do trabalho dela."

Simon assentiu.

"Então você começou a gostar dela, não foi?", Sarah perguntou.

"Não sei ainda", Simon respondeu, mas nunca se sentiu tão nervoso em encontrar Jaque antes, e aquilo significava alguma coisa.

"Chefe e chefa, os caras do buffet precisam de vocês", Brian disse, gritando do meio do salão e sua voz ecoou pelo espaço.

"Eu cuido deles", Sarah disse. "Você e Brian, confiram os recepcionistas."

A piscadela de Sarah para Simon foi estranha até ele perceber que conspiratória. Ela o estava mandando para a recepção só para ele ser o primeiro a ver Jaque quando ela chegasse?

"Não precisa ir para a recepção, chefe", Brian disse, "Aisha disse que está tudo sob controle e que vai se ofender se você for lá."

"Ela é bem assertiva para uma estagiária", Simon disse, enquanto assistia Aisha e os recepcionistas da empresa recebendo os primeiros convidados, entregando a eles seus crachás e seus kits de boas-vindas.

"É", Brian disse, corando, e adicionou: "Ela me disse para te pedir um tour guiado das obras mais tarde, sabe, quando a festa acabar."

"Ela te pediu para fazer isso?", Simon perguntou e deu um sorrisinho, apesar do nervoso. "E por que eu deveria? Está tudo descrito no catálogo."

Brian ficou mais vermelho e disse: "As descrições são excelentes do ponto de vista artístico. Mas você é bom em explicar as coisas do ponto de vista do design e como podemos usar obras de arte e elementos artísticos no marketing. Aisha diz que você deveria ensinar uma matéria assim na nossa faculdade."

Simon deu uma gargalhada, mas se sentiu lisonjeado.

"Ok, me procure mais tarde. Agora, é melhor eu me misturar."

Misturar-se não era a ocupação favorita de Simon. Ele geralmente achava muito trabalhoso iniciar conversinhas, mas pelo menos ali, ele tinha as obras de arte para as pessoas prestarem atenção também. Ele tinha um tópico sobre o qual conversar. Além disso, depois de sete anos na empresa, Simon tinha se acostumado com estes eventos grandes. O propósito era divulgar a empresa e melhorar os negócios. Ele também conhecia muitas pessoas que frequentavam os eventos como clientes, e geralmente começava sua interação em grupos em que ele conhecia pelo menos uma pessoa antes de começar a falar com outras.

Simon se dava bem com as pessoas que gostavam de arte de verdade. Ele se esforçava com aqueles que só apareciam para verem e serem vistos. Ele geralmente os direcionava para Sarah e para as pessoas do departamento de venda.

Naquela noite, ele estava menos interessado em se misturar e passou muito mais tempo examinando os rostos ao seu redor, procurando por Jaque. Só o pensamento em se aproximar dela fazia sua mão tremer. Ele ia e voltava nervosamente, entre planejar como faria e debater sobre como ficar longe dela. Então ele se xingava por ser um banana, e começava a planejar novamente.

Mas Jaque não apareceu. Ele conferiu a multidão toda durante o discurso de boas-vindas do CEO da empresa e de novo, quando todos estavam no salão principal, comendo canapés e tomando as bebidas que os garçons serviam. Simon decidiu que o trabalho deve ter impedido Jaque de ir à festa, o que o deixou aliviado. Ele não precisaria reunir coragem naquela noite, pelo menos.

Foi então que ele finalmente viu Jaque, usando um vestido justo dourado de lamê, conversando com dois caras.

O primeiro homem era estranhamente alto e se curvava sobre ela. O outro era um homem suado que tinha tipo uns cinquenta anos, um bigode ruivo e uma gargalhada alta e sibilante que Simon conseguia ouvir mesmo com toda a conversa no salão. Ambos estavam tão próximos de Jaque que ela quase encostou na pintura atrás dela.

Ela não parecia impressionada. Aquele era o momento ideal para ele intervir. Jaque poderia facilmente se desvencilhar da situação, é claro, mas Simon queria ajudar. Ele colocou sua taça de champanhe em uma mesa e cruzou a multidão na direção dela.

"Jaque!", Simon disse, se aproximando. "Aí está você. Eu te procurei por toda a parte para te mostrar o Galvani."

A expressão chocada de Jaque rapidamente virou um sorriso amplo. "É claro, o Galvani. Quero muito ver!", e assim ela acenou, despedindo-se dos homens e se afastando deles com Simon.

"Obrigada", Jaque disse. "Você chegou bem na hora."

Simon se flagrou sorrindo para Jaque, mesmo tendo que enfiar a mão direita no bolso para esconder o tremor. Ele não conseguia acreditar que tinha feito isso!"

"Você parecia saturada. Fiquei com medo do seu próximo movimento."

"Ah, então você só estava protegendo sua empresa, me impedindo de causar uma cena, não é?", Jaque disse com um sorriso. "Existe mesmo uma coisa chamada Galvani?"

"Ah, sim. Quer ver?"

"Já que estamos aqui, estou intrigada."

Simon guiou Jaque para uma sala mais silenciosa onde os convidados zanzavam por entre as obras de arte, admirando ocasionalmente uma delas, e murmurando seus pensamentos para os companheiros. Ele parou na frente de um quadrado branco rodeado pela moldura mais dourada que Jaque tinha visto na vida.

"É isso?", Jaque disse, encarando o papel branco texturizado. "Você achou que eu gostaria de um quadrado branco?"

"Isso não é a obra de arte", Simon disse, sorrindo de orelha a orelha. Ele não conseguiu evitar, ele estava se sentindo em casa. Era seu habitat natural, assim como a delegacia era o de Jaque. "A moldura é."

"A moldura?", Jaque deu um passo para trás para examinar as curvas extensas e as folhas de ouro esculpidas. "Não entendo. Sarah sempre me diz que os artistas dizem coisas com as obras, mas isso é apenas estranho. O que significa?"

"O que você quiser."

"Ah, mesmo?", Jaque abriu seu catálogo. "De acordo com o artista, esta peça é a justaposição da forma na substância, um reflexo de como o mundo interpreta a arte como a coisa no meio sem se dar conta da arte que está ao redor."

"Ah, ele poderia dizer que várias pessoas são vazias, sem substância. Mas isso não importa. Daqui a mil anos, se essa obra ainda existir, haverá milhares de interpretações do seu significado."

"Isso é uma coisa boa?"

Simon deu de ombros.

"Como você se sente quando olha para ela?"

"Honestamente... irritada!", Jaque deu outro passo para trás para ver a glória da moldura inteira. "Meus olhos continuam sendo atraídos para o quadrado branco no meio. Se houvesse uma imagem, eu conseguiria lidar melhor com isso. Quer dizer, mesmo quando eles vendem molduras eles colocam uma foto no meio para você ver como vai ficar na sua casa..."

"É, mas se você substituísse o quadrado branco no meio por outra coisa, seria acusada de destruir o conceito da obra."

"Que ridículo! Honestamente, vocês artistas são meio estranhos às vezes..."

"Acho que somos", Simon não tinha certeza do que fazer a seguir, então disparou: "Gostei do seu vestido", e instantaneamente se arrependeu. Foi péssima sua tentativa de puxar assunto.

"Obrigada", Jaque disse, parecendo lisonjeada. Então não tinha sido em vão. "Foi desenhado por uma estilista local. Eu queria alguma coisa descolada para essa noite. Usei o mesmo vestido na sua exposição ano passado."

"Você estava aqui ano passado?", Simon disse, perguntando-se o porquê de não a ter notado.

"Acho que você também..."

"Pelos últimos sete anos. Desde que entrei na empresa."

"Engraçado", Jaque disse, balançando a cabeça. "Então, como um artista e designer, o que você acha do vestido?"

Parecia uma pergunta deliberadamente provocativa, mas que deu a Simon a chance de encarar a forma gloriosa de Jaque.

"É lindo. Combina com você."

"Não é muito chamativo, então?"

"Não", Simon hesitou, sem saber como Jaque reagiria ao seu próximo comentário. "Mas do ponto de vista do design, talvez você queira usar outro colar."

"E por que?", Jaque perguntou, aparentemente inabalada.

"O vestido é uma peça poderosa enquanto o colar é delicado, com um pequeno diamante solitário. Ele some no vestido. Uma peça mais pesada de joia esculpida em prata complementaria o vestido melhor."

"Vou manter isso em mente. Ou melhor, quem sabe um dia você me ajuda a escolher algo mais apropriado."

Simon não conseguiu descobrir se a resposta dela era um contra-ataque ao seu comentário ou um convite. Ele também não sabia muito bem qual das opções preferiria.

12

— . —

Além de conseguir relatar à Dra. Nobel que ele tinha se aproximado de Jaque e que teve uma conversa decente com ela antes do dever arrastá-lo para longe, Simon ainda não sabia o que Jaque significava para ele. Também não estava claro se existia um próximo passo e qual seria, quer ele fosse dar este passo ou não. Felizmente, Jaque estava de férias, então ele sabia que ela não iria aparecer inesperadamente na sua porta.

Ele percebeu que seus sentimentos em relação à Jaque estavam se tornando mais positivos quando ele olhou para a data no celular querendo saber quando Jaque estaria de volta em Londres. Isso, claro, não significava que ela entraria em contato.

Até que Simon pulou de pé quando a campainha tocou. Como ele não estava esperando nada, sua esperança e medo combinados lhe diziam que era Jaque. E a câmera do interfone mostrou-a de pé do lado de fora, com um saco de comida na mão que ela levantou para a câmera, como um suborno.

"O que é isso?", Simon perguntou, com uma pontada de ansiedade. "São nove da noite."

"Exatamente", Jaque disse com um sorrisinho de bochechas que ele presumiu que fosse para tentar convencê-lo. "Por isso eu trouxe jantar. Espero que você goste de comida Chinesa."

"Por quê? Por que você está aqui?", Simon perguntou de forma decidida, mas se sentindo dividido entre deixá-la entrar e manter sua determinação em deixá-la do lado de fora. "É tarde."

"Ah, desculpa. É que... estou no meio de um caso e... gostaria de te perguntar uma coisa."

"Gostaria de me perguntar uma coisa?", Simon respondeu e o sentimento de que ele deveria evitar aquela mulher cresceu. A última coisa que ele queria era ser arrastado e forçado a pensar em crimes e vítimas e morte.

"Por favorzinho? É só por causa do que você disse sobre o caso do garoto desaparecido."

"Eu deveria ter ficado com a boca fechada."

"Mas você não ficou, e isso me fez pensar que você é parte do time dos mocinhos", Jaque disse, parecendo esperançosa, mas isso também fazia parecer que ela já tinha vencido a discussão.

"Maravilha", Simon disse, e se sentiu impressionado não só por Jaque ter aparecido na sua casa, mas pelo fato de ela querer falar sobre trabalho. Ele se sentiu feliz de alguma maneira com o primeiro fato, mas totalmente não-feliz em relação ao segundo. "Você não acha que o que está fazendo beira o assédio?"

"Ah!", Jaque pareceu igualmente surpresa. "Se você realmente não gostou, vou embora. Não quero que você fique desconfortável. É que sua casa é perto da delegacia e eles nos deram uma folga, então pensei em vir aqui. Desculpa mesmo."

Simon piscou para ela, tentando processar sua mudança de atitude. Ela estava realmente arrependida como aparentava ou isso era apenas uma manipulação de interrogadora da polícia?

"Não, está tudo bem", disse ele, com sentimentos mistos sobre encorajá-la. Mas foi ele quem deu o primeiro passo na galeria de arte e precisava pensar no que realmente queria.

"Mas não quero saber do caso no qual você está trabalhando."

"Combinado", Jaque já tinha se virado para ir embora, mas ao ouvir suas palavras, virou-se e entrou no apartamento. "Vem, vamos comer, presumo que você não tenha comido ainda."

E ele não tinha mesmo, nada além de uma fruta seca. Quando estava em casa sozinho, Simon não conseguia ficar muito entusiasmado com comida.

"Pedi alguns acompanhamentos com vegetais. Suspeito que você não coma verde o suficiente", disse Jaque, abrindo os potes de comida que tinha trazido. "Ah, ótimo, os brócolis fritos deles estão verde-brilhantes. Achei que eles pudessem fritar demais, mas está tudo perfeito."

Simon olhou para a comida, enquanto dava um prato e um copo para Jaque, e colocava um prato e um copo na mesa para si mesmo. Ele queria ir buscar talheres, mas Jaque já estava separando dois hashis, então ele se sentou e pensou se queria arroz frito ou noodles.

Ele não conseguia parar de olhar para Jaque continuamente. Não importa o ângulo que ele usava para encarar a situação, tudo aquilo era muito estranho.

"Você não está acostumado com isso, está?", Jaque perguntou.

"Com o que?"

Mesmo a pergunta inofensiva aumentou sua ansiedade.

"Comer com apenas uma pessoa. Sarah me disse que você nunca faz isso. Por quê?"

"Você está me interrogando?"

"Desculpa, só fiquei curiosa. Mas se você não quiser responder, sem problemas."

Jaque falou sem olhar enquanto ela comia parte de uma fatia branca que ela tinha dito que era nabo. Do outro prato de vegetais.

A ausência do olhar penetrante dela deu coragem a Simon para dizer: "Estou tentando me manter seguro."

"Seguro do quê?"

"Do que possa acontecer se alguém desaparecer", agora que ele disse em voz alta, pareceu estúpido. "Não que isso tenha ajudado muito."

"Isso me parece um pouco paranoico, se você não se importa que eu diga."

Técnica de interrogatório, Simon presumiu, porque Jaque não estava fazendo contato visual, somente olhando para a comida. Assim era mais fácil falar, mas não necessariamente fácil. Ele deveria apenas pedir para ela parar?

"Fui criado para ser paranoico."

Cristo, ele disse isso. Algo sobre o que ele nunca achava que fosse falar na vida. E justamente para essa mulher que sabia... que realmente sabia quem ele era. Não havia necessidade de fingir que ele tinha tido uma infância normal com ela.

"Ele me disse que eu iria para a cadeia pelo que estava fazendo e vendo. Ele disse que se eu deixasse alguém suspeitar, ele me mataria."

"Você nunca o chama de pai?", disse Jaque, com a voz beirando o desinteresse.

"Ele nunca foi um pai. Eu o renego. Tento nunca pensar nele."

A mão de Simon estava tremendo. Era impossível comer, então ele colocou os hashis do lado do prato e se concentrou em respirar e se controlar.

"Desculpa" disse Jaque, e dessa vez ela olhou para ele e sorriu com empatia, "as pessoas sempre ficam com pena das vítimas de crimes e de suas famílias, mas há pouquíssima empatia pelas famílias dos criminosos. Às vezes com motivo, mas na maioria das vezes, eles também são vítimas. Eles sofrem um choque duplo. Primeiro, pelo que o parente fez, e segundo, pela repulsa e pelo ostracismo das pessoas ao redor. Então eu entendo o porquê de você viver como vive. Mas se isso ajuda, sou sua amiga, e não estou só dizendo isso porque você me ajudou."

"Valeu... eu acho."

Era estranho ouvir um membro da polícia chamá-lo de amigo. Não parecia certo –cedo demais. Mas ele não estava acostumado a fazer amigos mesmo, então ele não tinha ideia de quando é que uma pessoa poderia começar a chamar outra pessoa de amigo. Simon se perguntou se seria possível afastá-la, mesmo que ele quisesse. Parecia improvável.

"Na verdade, não", Jaque disse com um sorriso. "Afinal, só no encontramos três vezes socialmente, e essa é a nossa segunda refeição juntos. Eu diria que nos damos bem. Faça um teste comigo, pergunte-me algo relacionado à amizade."

Simon não tinha a menor ideia do que fazer e achava que a avaliação dela era otimista demais. Ainda assim, havia coisas sobre as quais ele estava curioso.

"Às vezes penso no seu nome. É tipo Jack, a estripadora?"

"É Jaqueline, mas nunca gostei do nome, acho muito menininha. Coma brócolis. Prometo que não vai te matar."

Simon obedientemente colocou alguns ramos de brócolis no prato e misturou no arroz, embora ainda estivesse pensando se ia ou não comer. Então ele olhou de volta para Jaque,que estava absorta na sua comida novamente. Ou pelo menos parecia estar.

Mas o que ela tinha dito? Ah, sim, ela comia quando estava estressada. Ela deve estar muito estressada, a julgar pelo jeito que estava engolindo. Ele não queria saber o motivo e, em vez disso, mastigou um dos pedaços de brócolis. Não era seu legume favorito, mas este não estava tão ruim, o alho, o gengibre e o óleo de gergelim da fritura obscureciam seu sabor.

"Como foram suas férias?"

"Como eu precisava. Um trailer praticamente na praia, muitas caminhas, muitos banhos de sol. O clima estava perfeito, para variar, e várias conversas tomando vinho com Ellen."

"Sua irmã?"

"Sim. O marido dela ficou em casa cuidando do meu sobrinho, e foi bom tê-la só para mim. Do contrário, sua atenção sempre fica dividida."

"Hmm", Simon disse e enfiou outro pedaço de brócolis na boca para evitar dizer mais coisas sobre um assunto que ele mal conhecia.

"Você teria gostado do céu. Virou nossa tradição nos sentarmos na varanda do trailer com uma taça de vinho e observar o sol gentilmente se afundar no mar. As nuvens iluminadas eram um espetáculo. O sol também ficava maravilhoso. Acho que você gostaria de pintar a visão", Jaque disse, gesticulando com os hashis para englobar suas pinturas de nuvens. "A menos que você só pinte nuvens."

"Você acha que pintar só nuvens é chato?"

"Não quis ofender."

"Nunca vi o mar", Simon disse, e precisou de coragem para confessar.

Ele esperou a reação de Jaque. Era por isso que ele tinha parado de dizer isso aos colegas.

"Sério, você nunca foi à praia? Você, que mora a uma hora de trem do mar em duas direções, nunca o viu?"

Simon assentiu. "Eu gostaria de vê-lo antes de tentar pintá-lo."

"Mas, bem, você poderia usar fotos ou até mesmo vídeos. Quer dizer, você sabe como o mar é, não sabe?"

"É claro. Mas ao menos que a experiência seja minha, seria falso tentar pintar algo assim."

"Falso? Não entendi."

"Tudo bem, eu não esperava que você entendesse."

"Por quê? Porque sou só uma policial grosseira?"

"Porque você não pinta, só por isso."

"Desculpa, não deveria ter respondido assim. Estou cansada e ficando ranzinza."

Simon assentiu e para variar, manteve seus olhos em Jaque. Ele mal a conhecia, o que não combinava com o que ela disse sobre eles serem amigos. Como é que as pessoas conheciam as outras melhor? Ele tinha certeza de que nunca tinha tentado isso com ninguém antes.

"Você pode me explicar sobre pinturas de nuvens outra hora. Tenho a sensação de que é técnico demais para o meu cérebro cansado hoje", Jaque disse, com um sorriso apologético. "Sobre o que mais podemos falar? Livros. Notei que você não tem nenhum nesse apartamento elegante seu."

Simon jogou a cabeça para trás com um suspiro e encarou o teto, se perguntando se deveria apenas pedir a Jaque que fosse embora. Ela já era estressante nos melhores momentos, mas uma Jaque cansada e insistente era ainda pior, principalmente porque ele ainda tinha que descobrir o motivo de todas aquelas perguntas.

"Não sou muito bom em ler. Quando fui para a instituição, eles fizeram alguns testes e descobriram que tenho dislexia."

"Sério? Aquela coisa que te impede de ler bem?"

"Sim. Ler é muito esforço. É muito cansativo para mim, então absorvo informações com vídeos e assisto filmes e séries para me entreter."

"Mas sua letra é tão bonita, como isso é possível?"

"Consigo escrever porque penso na escrita como um desenho. O que você vê não é minha letra na verdade, são desenhos de Kushan Script, uma das minhas fontes favoritas. Se eu desenhar, fica bonito, mas se eu tentar escrever com a minha própria letra, é uma bagunça."

"Uau, isso é maravilhoso! Então eles não te ensinaram a ler e escrever na escola?"

"Não fui para a escola."

A expressão surpresa de Jaque virou uma expressão de pensamento profundo, e então ela assentiu.

"Desculpa de novo. Para fazer justiça, você pode me perguntar absolutamente o que quiser saber sobre mim."

"Por que você continua vindo aqui?"

Simon ficou com medo de ter soado muito rude e muito repentino, mas era a única coisa que ele realmente queria saber.

"Ah", Jaque respondeu, meio sorrindo, meio gargalhando, colocando os hashis na mesa e olhando para ele, meio com vergonha pela primeira vez, "nem eu mesma sei ainda."

"Ah", Simon respondeu, e como não conseguiu pensar em outra pergunta, pegou outro pedaço de brócolis no pote e colocou na boca.

O som da sua mastigação era dolorosamente alto naquela sala silenciosa. Ele não se atreveu a olhar para cima para ver o que Jaque estava pensando, mas viu seus pauzinhos pairando sobre os potes sobre a mesa, pegando um bocado de noodles e um naco de nabo.

"E Rob?", Simon perguntou, surpreendendo-se com o fato de ele estar curioso sobre o relacionamento de Jaque com o homem.

"O que tem ele?", Jaque disse com um sorriso misterioso. "Você não vai atrás de mulheres que já tem outro?"

Simon se engasgou e se recostou na cadeira, amaldiçoando a própria boca.

"Não foi..."

Como é que ele poderia dizer que não foi o que ele quis dizer, ou que nunca tinha cobiçado mulher nenhuma antes, solteira ou comprometida?

"O que você acha do Rob?", Jaque perguntou, e continuou cutucando a comida com o hashi.

"Ele é um bom vendedor."

"Então, ele sempre diz isso. Mas essa é uma opinião muito neutra. Significa que você não gosta dele?"

Simon deu de ombros. Ele nunca tinha pensado nisso.

"Ele é meio... arrogante."

"Irritantemente arrogante! E no caso de você ter entendido errado, não há nada acontecendo entre nós dois."

Talvez Jaque estivesse dizendo a verdade sobre isso, mas Simon se perguntou se Rob concordaria e por que motivo Jaque estava contando isso a ele. Ele se deu conta de que ela tinha colocado os hashis cruzados no prato e estava prodigiosamente bocejando. Ela rapidamente cobriu a boca com a mão e piscou rápido para se livrar das lágrimas de sono.

"Desculpa, minha semana foi longa e difícil."

"Quanto tempo de descanso você tem?"

Jaque deu de ombros. "Geralmente três, quatro horas. Não o suficiente para ir para casa."

"Por que não?"

"Moro muito longe, uma hora até lá... alegrias de morar em Londres. Comprei meu apartamento quando ainda era acessível e eu trabalhava por perto. Aí fui transferida, e não consigo vender meu apartamento e comprar um mais perto, então preciso viajar por uma hora para chegar.

Simon assentiu. Pelo menos sua viagem para o trabalho era de apenas meia hora. Isso fazia a maior parte das pessoas do escritório o invejarem.

"E você disse que queria me perguntar uma coisa.", Simon disse, por que apesar de não pensar no assunto, ele estava curioso.

"Ah, sim. O negócio é que meu caso atual, sem detalhar muito, é sobre violência escolar. O time acha que há mais do que só os meninos se unindo a gangues. O nível de sofisticação é surpreendente, mesmo para os alunos mais velhos do ensino médio. Então eu queria saber se você acha que pode haver alguém por trás disso. Como com o Chazza."

"Eles estão conectados de alguma forma?", Simon perguntou, embora fosse a hipótese mais vaga considerando as informações que ela tinha fornecido.

"Mesmo bairro."

Simon balançou a cabeça, pensando em como explicar.

Ele respirou fundo, e disse: "Gregory Black usava uma mistura de doutrinação, persuasão e ameaças para me fazer segui-lo. Ele tinha tanto controle que eu mal conseguia pensar sozinho. O que vi em Chazza, só por um momento, foi o mesmo olhar confuso. Como se ele não conseguisse apontar o que havia de errado. Se o plano fosse dele, ele não pareceria tão perdido."

"Então você acha que tem um adulto por trás disso? Alguém próximo destes meninos?"

"Não dá para saber. Com a internet, eles podem ser controlados de qualquer lugar."

"Hmm, sem querer discordar, mas acho que você precisaria de contato muito mais próximo para controlar o que está acontecendo aqui", Jaque disse e bocejou tão intensamente que fechou os olhos. "Deus, estou exausta!"

"Você não pode tirar um cochilo?"

"Minhas opções são debaixo da minha mesa ou o vestiário masculino, porque o feminino está sendo reformado e coberto de poeira."

"Ah", Simon disse, e seu pulso se acelerou com a solução imediata que lhe ocorreu. A proposta estava na ponta de sua língua, lutando contra a sua indecisão. "Você pode dormir no sofá, se quiser."

Jaque parou de se espreguiçar e piscou, incrédula.

"Sério?"

"Não seria a primeira vez."

"Sim", Jaque disse, e teve a graça de parecer envergonhada, "desculpa por isso!"

Simon deu de ombros e foi buscar o cobertor que ela já tinha usado no armário do hall de entrada.

"Valeu", Jaque disse, sorrindo brilhantemente para ele enquanto aceitava, "espero que você não se ofenda se eu for dormir... agora?"

"Não, claro que não!", Simon disse, assentiu com incerteza, assistindo-a ligar o alarme do celular, enrolar-se no cobertor, e rolar no sofá, ficando de costas para ele.

Simon juntou as sobras de comida e trabalhando o mais silenciosamente possível, lavou as louças. Depois ele foi para o quarto, pé-ante-pé, passando por Jaque que roncava suavemente, e ficou assistindo alguns vídeos na cama. Algumas horas depois, ele ouviu sua porta abrir e fechar de novo. Jaque tinha ido embora e Simon podia finalmente dormir.

De manhã, Simon encontrou um Post-it amarelo-brilhante na porta da geladeira.

Valeu por me deixar cochilar aqui, não consigo expressar minha gratidão.

Coma o resto da comida, seu magrelo!

Bjo bjo, Jaque

13

"ECA, INFERNO DE PAPELADA!", Jaque murmurou pela centésima vez, franzindo a testa para a tela do computador.

"Até onde você chegou?", Darren perguntou, sem desviar os olhos da própria pilha, papéis reais no seu caso, etiquetas para todas as evidências que haviam reunido.

"Formulário 36 de 52."

"Pelo menos já passou da metade."

Darren parecia relaxado. Talvez por ser mais velho, parecia que ele apreciava o tempo de inatividade que tinham entre os casos.

"Eu juro que gastamos mais tempo relatando nossos casos do que realmente resolvendo crimes."

Jaque não esperava uma resposta. Ela sempre dizia as mesmas coisas depois de encerrar um caso, e ela já sabia qual seria a resposta de Darren.

Ela tinha acabado de salvar o formulário 36, e começou a ponderar se deveria almoçar antes de começar o próximo quando seu telefone do escritório tocou.

"Com licença, senhora...", o sargento da recepção disse quando ela atendeu, "você tem uma chamada de alguém chamado Simon White. Ele disse que tem algo a ver com Sarah. Ele disse que você saberia o que ele quer dizer."

Ao ouvir o nome de Sarah, o estômago de Jaque deu uma reviravolta assustadora e ela disparou: "Pode passar."

"Ah... Jaque?", Simon disse, sua voz parecia estranha e baixa ao telefone. "Desculpa te incomodar."

"Vá direto ao ponto!", Jaque disparou. "O que houve com Sarah?"

"Ela passou mal, eu a trouxe para a emergência, mas Aaron está em Edimburgo a trabalho e o RH não tem o contato de ninguém da família dela."

"Qual hospital?", Jaque perguntou, e notou a cabeça de Darren se virando na direção dela com um olhar inquisitivo. Ela ouviu o nome do hospital e respondeu para Simon: "Estarei aí em meia hora", desligando o telefone.

"Trabalho?", Darren perguntou.

"Pessoal. Preciso ir."

Darren acenou para ela, e Jaque saiu correndo para a estação de metrô. Seria mais rápido do que tentar passar pelas ruas congestionadas de Londres de carro.

Sendo o transporte público o que era, levou quarenta e cinco minutos para Jaque chegar ao hospital. Outros frustrantes trinta minutos se passaram até ela convencer a recepção a lhe dar a localização de Sarah, até que ela recorreu ao seu distintivo. Assim, ela conseguiu a informação de que eles tinham movido Sarah da emergência para uma ala.

O fato de ter acontecido tão rapidamente alarmou Jaque, e fez com que ela se preocupasse ainda mais com Sarah. As pessoas geralmente passavam horas na emergência. Apesar da sua ansiedade, ela andou todo o caminho, seguindo a linha azul marcada no chão.

A figura familiar de Simon, parada no meio do corredor falando com um rapaz de aparência jovem, forneceu sua pista final para rastrear Sarah.

"Talvez seja melhor você voltar para o escritório...", ele estava dizendo para o garoto.

"Simon!", ela disse, mantendo sua voz baixa por causa dos pacientes que ela podia ver através das janelas de vidro das portas da enfermaria.

Ele se virou e um olhar de alívio cobriu seu rosto.

"Ela está aqui", disse ele, apontando para a porta à sua esquerda, "eles não me deixam entrar porque não sou da família."

"Eu cuido disso!", nenhuma regra do hospital manteria Jaque fora do quarto. "Você sabe o que aconteceu?"

Simon balançou a cabeça.

"Talvez intoxicação alimentar. Ela vomitou a manhã toda até desmaiar."

"Coitada!", Jaque disse, e entrou na enfermaria onde estava Sarah.

Era um quarto tipo espartano, com seis camas, todas ocupadas, e demorou um pouco para Jaque encontrar Sarah perto da janela. Ela estava assustadoramente pálida.

"Sarah!", disse Jaque suavemente, parando ao seu lado.

"Jaque!", Sarah respondeu, com um sorriso aliviado. "Simon deve ter te ligado. Eu falei para ele não te incomodar."

"Felizmente ele não te ouviu! Também liguei para Aaron, e ele está tentando voltar no próximo voo."

"Honestamente, não precisava dessa agitação toda", Sarah disse, mas Jaque ficou alarmada com a indiferença.

"Eles te tiraram da emergência, querida, e te colocaram aqui nesta cama. Eles não fazem isso a menos que seja sério. Eles já descobriram o que há de errado?"

Sarah sacudiu a cabeça.

"Eles tiraram mil litros do meu sangue."

"Faz quanto tempo que você está passando mal? Você deveria ter me ligado."

"Eu não queria incomodar ninguém. Faz três ou quatro dias, mas hoje de manhã piorei. Eu estava saindo para ir ao médico, na verdade. Juntei minhas coisas e estava quase pronta quando desmaiei no escritório. Uma vergonha."

"Não se estresse com isso. Aposto que eles estão apenas preocupados."

"Simon foi um salvador. O resto todo entrou em pânico. Ele só ficou de pé, calmamente veio até mim, me ajudou a ficar de pé, ordenou a Brian que me segurasse do outro lado, e a Aisha que chamasse um táxi."

"Foi uma boa ideia, um táxi sempre é mais rápido do que uma ambulância."

"Foi o que ele disse, mas todo mundo discordou. E ele fez as enfermeiras da emergência me colocarem para dentro imediatamente. Eu não sabia como ele era legal até ter esse problema hoje."

Jaque desejou poder ouvir mais, mas foi impedida quando uma médica apareceu, seguida por uma dupla de jaleco.

"Sarah Parker?", a médica chamou, com o rosto na direção da tela brilhante do seu tablet.

"Sim, sou eu!", a médica olhou para Jaque de cima a baixo com uma expressão questionadora, e Sarah respondeu: "Ela é minha melhor amiga."

"Estou prestes a discutir informações médicas confidenciais. Você tem certeza de que quer que sua amiga fique?"

"Sim", Sarah disse, e apertou a mão de Jaque.

Ela não era do tipo amorosa, então Jaque se deu conta de que ela estava mais vulnerável do que de costume. Por um bom motivo, a médica parecia séria.

"O que há de errado comigo?"

"Você teve um caso sério de enjoo matinal", a médica respondeu com a expressão suave.

"Desculpa, o que?", Sarah perguntou.

Jaque estava mais chocada, talvez porque estivesse esperando um diagnóstico diferente.

"Você está grávida. Presumo que ainda não sabia?"

"Eu estou grávida?"

"Parabéns! Embora eu receie que você esteja sofrendo de uma forma extrema de enjoo matinal, então você terá que ficar no hospital para que possamos garantir que você receba líquidos e nutrição suficientes. Esta é uma situação totalmente administrável nos dias de hoje, mas teria sido fatal antigamente. Pedi a um especialista para vir lhe dar todas as informações que você precisa. Enquanto isso, tudo que você precisa fazer é descansar e dar ao seu corpo a chance de se recuperar."

"Ai meu Deus!", Sarah murmurou, enquanto observava a médica e sua comitiva deixando a enfermaria.

"Parabéns!" disse Jaque, "...então você não tinha ideia?"

"Não mesmo! Quero dizer, Aaron e eu discutimos ter filhos. Nós gostaríamos de um dia... Eu acho que isso é apenas mais cedo do que planejamos."

"Estou feliz que não seja nada mais sério."

Ao mesmo tempo em que Jaque estava feliz por Sarah, ela também podia sentir sua própria inveja crescendo, juntamente com uma sensação de ser deixada para trás.

"Não diga a ninguém ainda, por favor, não até eu contar ao Aaron."

"Não se preocupe, minha boca é um túmulo. Agora é melhor eu ir. Minha papelada, infelizmente, não vai para o túmulo tão cedo."

"Estou muito grata por você ter vindo."

"Até parece que eu não viria...", Jaque deu uma risada contida, esperando que só ela tivesse ouvido. "Durma um pouco. Como a médica disse, você precisa descansar e quando acordar, Aaron já vai estar aqui."

Simon ficou no meio do corredor do hospital imaginando o que deveria fazer. Ele entregou Sarah ao hospital, mandou Brian de volta e chamou Jaque. Agora... ele ficava para confirmar que Sarah estava bem, ou ele simplesmente voltava ao trabalho?

Ele estava mais abalado do que se permitiu mostrar. Simon se perguntou se após sete anos de trabalho com ela, ele tinha desenvolvido mais respeito, ou se tinha mais afeto por Sarah do ele tinha percebido. Ele realmente esperava que ela ficasse bem, especialmente quando viu o grande grupo de médicos que se dirigia à sua enfermaria.

Ele olhou pela porta e os viu se aglomerando em torno de Sarah, Jaque pairando ao lado dela como um cão policial feroz. Então agora ele sabia o que fazer. Ele esperaria para descobrir como Sarah estava, depois voltaria para o trabalho. Tecnicamente, não levaria muito tempo.

Enquanto isso, ele poderia muito bem se sentar na fileira de cadeiras aparafusadas à parede oposta. Não demorou muito para os médicos reaparecerem, e um pouco depois disso Jaque surgiu, meio sombria.

"Ela está bem?", perguntou Simon, pulando de pé.

"Ela vai ficar bem."

O comportamento de Jaque estava estranho. Ela parecia relaxada, mas chateada.

"Tem certeza de que ela está bem?"

"Não há risco de vida, embora ela precise ficar no hospital por mais algumas semanas. Eu não posso dizer mais nada. Sinto muito."

"Não, tudo bem", disse Simon, virando-se para sair. "Se ela for ficar bem em breve..."

"Espere", disse Jaque, e seu treinamento policial fez aquilo parecer uma ordem. Isso parou Simon e ele se virou para ela. "Estou morrendo de fome. Eu estava prestes a sair para almoçar quando você me ligou. Quer comer alguma coisa rápida comigo?"

Simon não sentia vontade de comer. Ele raramente comia depois de uma reviravolta emocional. Mas ele também não queria ser pressionado por Jaque e ela não o deixaria escapar.

"Acho que o hospital não oferece muito em termos de lugares para comer. Tem uma cafeteria..."

"Ai, não. Não vou comer no hospital! Já fiz isso mais do que gostaria. Conheço um lugar na rua principal. Por que não vamos lá?"

"Comida na rua principal?"

"Você não notou?"

"Eu estava distraído."

"Chama-se Rosie's Café. É do lado da barbearia, de frente para uma loja de eletrônicos."

"Você reparou todos esses detalhes?"

"E as marcas, cores e placas dos carros estacionados às 14h16, quando cheguei."

"Uau!", Simon respondeu, e seguiu Jaque para o lado de fora.

Uma cafeteria seria bem melhor do que qualquer coisa que eles achassem no hospital, além de mais barata. Como era seu hábito, Simon procurou por câmeras de vigilância enquanto eles caminhavam pela rua e se sentiu em segurança ao ver uma apontada para a cafeteria. O lugar tinha um toldo listrado de verde e branco, meio aberto, e o nome do lugar, com o subtítulo: *melhor que comida de hospital*.

"Não é exatamente a melhor propaganda do mundo", ele murmurou.

"O que você faria para melhorar as coisas?", Jaque disse com uma gargalhada.

"Eu acrescentaria uma palavra... *infinitamente*. Infinitamente melhor que comida de hospital. Acho que ficaria bom."

"Sim, você está certo!", Jaque disse e entrou confiantemente na cafeteria, sem olhar para a direita nem para a esquerda.

Entretanto, Simon tinha certeza de que ela estava se sentindo pior do que ele. Em resposta ao seu olhar inquisidor, Simon escolheu a mesa perto da janela onde, mesmo com o reflexo, eles seriam filmados pelo sistema de segurança.

Jaque se sentou de costas para a janela e disse: "Sério, até aqui você se certifica de que estamos sendo vigiados? Por que essa obsessão em ser filmado?"

Ninguém nunca tinha perguntado isso para Simon e ele não sabia como responder.

"Mesma coisa com a minha casa. O circuito de câmeras me mantém seguro."

"Como? Como diabos isso te mantém seguro? Olha, eu sou detetive e te digo que eles são realmente úteis, mas só para descobrir o que aconteceu quando alguém é atacado ou morto. As câmeras não previnem os crimes."

"Não, mas se alguma coisa acontecer... se alguém desaparecer... tenho provas de que não fui eu."

Jaque piscou para ele, claramente desconcertada com sua interpretação.

"Mas você não precisa se preocupar hoje. Bom, você está com uma policial."

"É, mas e se algo acontece com você? Com o meu histórico, a polícia de Londres inteira vai vir atrás de mim como um rolo compressor."

Jaque riu.

"Não se preocupe, não vai acontecer nada comigo."

Simon desejou poder se sentir confiante e ficou vermelho por ter suas ansiedades expostas. Para evitar dizer mais alguma coisa, ele olhou para o balcão do outro lado e analisou as opções de pratos do dia.

"Como posso servi-los, queridos?", uma loira de meia-idade disse enquanto passava, com caneta e papel na mão.

"Vou querer o café da manhã, por favor!", disse Jaque com entusiasmo.

"Chá ou café?"

"Café e suco de laranja."

"Torrada ou pão fresco?"

"Torrada."

"Com crosta ou…", a cabeça de Simon voou para longe enquanto a garçonete continuava sua interminável lista de perguntas e precisou ser chamado de volta a realidade para fazer seu pedido."

"Torrada com queijo e presunto", Simon disse, para evitar qualquer outra opção.

"Com ou sem salada?", a mulher perguntou.

"Sem", Simon disse, e então pensou que Jaque fosse comentar alguma coisa sobre ele não comer verdes. Felizmente, a garçonete não deu tempo a ela, e perguntou: "E para beber? Chá, café, refrigerante?"

"Chá", Simon respondeu, a garçonete assentiu, e foi embora pedir a comida deles.

Como era o meio da tarde, o cozinheiro não estava ocupado, e os estava encarando pela janelinha da cozinha.

"Hmm, isso é bom", Jaque disse, se reclinando na cadeira, esticando os braços acima da cabeça. "Eu me sinto muito em casa em cafeterias como essa, o que você acha?"

Simon olhou para as mesas cobertas com fórmica verde-pálido, para o chão encerado, e os pôsteres turísticos de Creta na parede, e disse: "Acho que elas são todas meio parecidas."

"Eu acho que eu gosto desses lugares desde a infância. Minha família muitas vezes acabava em uma cafeteria depois das compras de sábado de manhã. Minha mãe dizia que não podia fazer almoço para todos depois de ter passado uma manhã infernal guiando todo mundo pelo supermercado. Mas e você? Você gosta de cafeterias também?"

Simon examinou o rosto de Jaque, tentando descobrir se ela estava cavando para obter informações ou tinha acabado jogar conversa fora.

"Hm, a primeira vez que fui a uma cafeteria eu tinha 18 anos...", ele disse, ciente de que aquilo a lembraria do seu passado, o que ele não queria."

Ela mudou de expressão de repente, ficando mais alerta e mostrando que ela pensou nisso também.

"Desculpe, eu não queria bisbilhotar."

O pedido de desculpas o surpreendeu, e ele deu de ombros. "A Dra. Nobel me levou a um passeio para eu me acostumar...", ele fez uma pausa, olhou em volta, e abaixou a voz. "Para me habituar a viver lá fora."

"Ela era sua terapeuta?"

Simon assentiu.

"Dezoito anos, é? Nem me lembro quando foi minha primeira vez em uma cafeteria. O que você fez?"

"Não me lembro, eu estava meio nervoso."

"Acho que é compreensível. Você se lembra do que comeu?"

"Torta de cereja com creme", disse Simon, surpreso por se lembrar disso.

"Você e Dra. Nobel?"

"E Peter, o Jaguar."

"Quem?", Jaque disse com uma risada surpresa.

Simon conferiu novamente que a garçonete não estava ouvindo, e disse: "Ele era um dos guardas. Ele geralmente ia junto quando os caras recebiam seu primeiro dia de folga da instituição para garantir que ninguém fugisse. Peter era mais rápido que todos eles."

"Tenho a sensação de que ele não precisou te caçar."

Simon presumiu que Jaque disse isso porque achava que ele era um fracote.

"Eu estava tão assustado que tremia dos pés à cabeça. Peter passou a maior parte do tempo me mantendo de pé."

Pronto, agora ela sabia a verdade, e se havia algo que faria uma mulher forte feito Jaque se afastar, seria isso. Entretanto, seu rosto não mostrou nenhum desgosto, e sua expressão neutra virou uma expressão de júbilo quando a comida deles chegou. O café da manhã de Jaque tinha tudo dobrado: ovos, salsichas, bacon, torradas, cogumelos e feijão. Simon se sentiu alarmado por aquela quantidade de comida.

"Tem certeza de que Sarah está bem?"

"O que?", Jaque respondeu, incomodada com a questão.

"Você disse que come por stress e, bom...", Simon disse, apontando para o prato cheio, "isso é muita comida."

"Ela está bem, eu juro."

"Que bom! Eu realmente não quero tomar o lugar dela."

"Por que não? Você não quer ser promovido?"

"Você quer?", Simon disse, mas foi uma pergunta desnecessária.

Ele tinha certeza de que Jaque era ambiciosa.

"Claro que quero. Mas não quero chegar no topo. Quero fazer o trabalho para o qual treinei, resolver crimes. Não quero virar gerente."

"Nem eu. Se eu for para a gerência, vou criar menos e administrar mais as pessoas, e não é disso que eu gosto."

"Aí está!", Jaque disse, partindo uma salsicha suculenta, "Temos algo em comum."

Aquilo fez Simon parar. Será que Jaque estava procurando coisas que os faziam compatíveis? Ele duvidava que eles tivessem muito em comum.

"Espero que eu não tenha te afastado de nenhuma urgência."

"De jeito nenhum!", Jaque disse, enfiando um pedaço de torrada na gema de um dos ovos, "Na verdade, você me resgatou do tédio da papelada policial, que eu fiquei feliz em deixar para o meu parceiro."

"Então você resolveu aquele caso... da escola?"

"Não de modo totalmente satisfatório. Não posso te contar muito, mas vamos dizer que não encontramos nenhum chefe da quadrilha, mesmo que Darren agora pense que haja um."

"Quem?"

"Darren, meu parceiro."

"Ah... bem, espero que você o encontre, se ele existir."

"Você acha que é um homem?"

"Não seria?"

"Não sei", disse Jaque, espetando um pedaço de bacon e apontando-o na direção de Simon, "É melhor não tirarmos conclusões precipitadas, lembrando que mulheres podem ser mestras na arte de manipular também."

14

A CONVERSA DE JAQUE com Simon despertou
sua curiosidade, e ela refletiu sobre o que sabia,
evitando os turistas enquanto caminhava pelo Tâmisa,
em direção ao restaurante que Rob havia reservado.
Ela estava tão preocupada com o fato de que Simon
tinha ficha criminal que realmente não tinha pensado
sobre sua vida antes e durante esse tempo. Ela só sabia
que o pai dele tinha usado Simon como isca para atrair
mulheres.

Ela também descobriu que o pai tinha feito o filho
ficar paranoico o suficiente para garantir que ele tivesse
testemunhas de tudo que ele fizesse, ainda que fosse só
o olho vítreo das câmeras de vigilância. E agora, com
a nova informação de que a primeira vez que ele foi a
um café foi com a sua terapeuta, aos dezoito anos, ela se
perguntou: o que fazia o pai com o filho, então?

Tantas perguntas... e ela tinha acesso ao seu registro
e aos procedimentos do tribunal para aprender tudo
sobre o assunto, e ainda assim, continuava adiando.
Era um típico efeito de empurra e puxa. Ela era muito
curiosa como policial e como pessoa, mas também tinha
medo do que descobriria e como isso poderia mudar o
relacionamento deles.

Entretanto, dizer "relacionamento" não seria preciso. Eles se conheciam. Eles interagiram em algumas ocasiões. Ela até dormiu na casa dele, algo que ela nem sequer tinha feito na casa de caras com quem saiu por uma noite. No entanto, ela manteve sua distância emocional, sem vontade de chegar muito perto.

Ela poderia dizer o mesmo de Simon. Ou ainda mais. Ele não fez nenhum movimento para incentivá-la. Ele provavelmente ficaria feliz se nunca mais a visse.

Mas será mesmo? Ela teria certeza se ele não tivesse se aproximado dela na galeria de arte e a resgatado do tédio.

Ela tinha ido com a intenção de avaliar o terreno. Sarah tinha prometido uma infinidade de CEOs ricos. Mas aí ela descobriu que eles eram casados, ou arrogantes, ou ambos. E ela evitou Rob o tempo todo. Felizmente, ele estava muito ocupado conversando com subcelebridades para notá-la.

Mas agora ela tinha que vê-lo pela última vez. Ele a tinha convidado para jantar em sua maneira geralmente não comovente, enviando uma data, hora e local, e perguntando se ela queria se juntar a ele. Então ela topou, mas este seria o fim.

Como esperado, o restaurante ficava em uma das novas construções ao longo do Tâmisa, com uma vista fabulosa da Catedral de St. Paul. Rob já estava lá, tomando uma cerveja no bar.

"Jaque!", ele disse, sorrindo amplamente enquanto dava-lhe um abraço e um beijo, "Que ótimo te ver novamente."

Este tipo de saudação não era a sua favorita, mas parecia ser o padrão de Rob, porque ele também beijou e abraçou Sarah quando todos saíram juntos.

"Como você está?", perguntou Jaque, afastando-se.

"Ótimo, ótimo, você está bem, não é? Pelo menos parece que tem dormido mais ultimamente."

"Isso eu tenho mesmo", disse Jaque, esperando que Rob não perguntasse sobre porque ela estava trabalhando tão duro a ponto de impactar seu sono.

"Vamos comer?", Rob perguntou quando o *maître* apareceu, parecendo relaxado, mas pronto para trabalhar.

"Já que estamos aqui...", Jaque disse, olhando os tetos altos, os candelabros de vidro esfumaçado modernos, e as janelas do chão ao teto, que exibiam a visão magnífica de Londres. Aquela refeição custaria caro.

"Estou mais do que feliz em pagar por tudo", Rob murmurou, enquanto eles caminhavam por entre as mesas.

"Não há necessidade", disse Jaque, e esperou o garçom puxar a cadeira para ela.

Rob se sentou do outro lado da mesa e disse: "O que você faz exatamente? Você nunca me disse. Você está claramente muito ocupada com o que quer que seja."

Jaque estava esperando aquela pergunta. As pessoas em Londres raramente faziam essa pergunta logo de cara. Mas depois de alguns encontros, seria estranho não mencionar o que ela fez.

Como ela estava prestes a finalizar aquela coisa com Rob, ela não queria dizer, porque ele contaria a todos com quem ele trabalhava. Ela pegou o menu e olhou para as ofertas opulentas, com os preços correspondentes esperados. Rob esperou por um segundo, então também pegou o menu com um encolher de ombros resignado.

Jaque escolheu o bife ao vinho tinto, purê cremoso de aipo e vagens, e pediu ao garçom. Rob pediu lagosta, que

Jaque achou que era pura vontade de aparecer, e uma garrafa de vinho tinto caro. A cor pode ter sido por causa dela, mas ela duvidou.

Jaque entregou o menu para o garçom e não disse nada até ele sair, e então se virou para Rob.

"Você guardaria segredo se eu te contasse o que faço?"

Rob olhou para ela por cima do menu em espanto.

"Por quê? Você é espiã ou algo assim? Você teria que me matar se eu contasse a alguém?"

"Não é nada tão dramático", disse Jaque, balançando a cabeça. Uma espiã provavelmente teria uma resposta mais positiva. "Estou na força policial."

Rob piscou para ela, e viu suas engrenagens girando. As pessoas tinham ideias estranhas sobre a polícia. Alguns eram fãs, outros reagiam de forma imediatamente negativa. O fato sempre impunha uma pressão sobre a conversa.

"Então...", disse Rob, ainda digerindo a informação, "Quando você diz que está na força policial, o que isso significa exatamente? Você anda por aí de farda, mantendo nossas ruas seguras?"

Ele fez parecer piada, mas estava suavemente nervoso. Provavelmente sua cabeça estava fazendo uma verificação mental de multas não pagas e outros possíveis delitos.

"Sou detetive inspetora", disse Jaque com uma cara séria, para se certificar de que ele entendia a gravidade do seu trabalho, e que ela não estava brincando. "Crimes graves."

"Uau!" disse Rob, "Ok, eu me rendo. Pode me algemar."

Foi uma resposta muito familiar. Alguns homens imediatamente falavam sobre algemas, fetiche de dominação. Rob parecia indeciso.

"É por isso que eu não digo às pessoas."

"Mas você tem que contar em algum momento, não é?"

"Suponho que sim, mas eu agradeceria se você não espalhasse a notícia pelo escritório. Há também razões de segurança para eu manter o silêncio sobre o meu trabalho."

"Minha boca é um túmulo.", disse Rob. "Presumo que Sarah saiba o que você faz."

"Sim, ela sabe. Ela sabia desde antes de eu ir para a academia de polícia que era essa a carreira que eu queria."

Rob assentiu e se reclinou para o garçom colocar a comida na frente dele. O tamanho da lagosta e a disposição sobre uma cama de salada impressionaram Jaque. Seu bife chegou, uma pequena porção como ela esperava, já fatiada.

"O Simon sabe?", perguntou Rob.

"Sabe o quê?", perguntou Jaque, momentaneamente confusa.

"Que você é detetive."

Jaque pensou em mentir por apenas um segundo.

"Ele sabe."

"Então você contou a ele antes de me contar, apesar de ter nos conhecido no mesmo dia, no pub, certo?"

"Calhou de ser assim", disse Jaque enquanto cortava uma de suas fatias de carne ao meio, mergulhava-a no molho aguado e a colocava na boca.

Estava delicioso e ela estava determinada a apreciar a refeição, apesar da conversa complicada. Ela achava que o fato de ser detetive a ajudava neste tipo de confronto.

"E você também estava com ele na exposição de arte."

Então ele a tinha vigiado. Que coisa vergonhosa.

"Ele me salvou de uma dupla particularmente chata de empresários."

Jaque se perguntou se ela teria ido procurar Simon caso ele não a tivesse encontrado antes. Ela estava indecisa.

"E então? Você está saindo com ele também?"

"Essa conversa não tem nada a ver com Simon. Tem a ver com o que eu penso de você e o que eu acho dessa relação. E eu acho que isso já deu o que tinha que dar. Eu me diverti, mas não vejo isso se transformando em algo mais profundo."

Rob parou na metade do caminho, abrindo a garra de uma lagosta, e olhou para ela.

"Você está terminando comigo?"

"Honestamente, Rob, nem acho que estávamos tendo nada..."

"Essa é sua opinião analítica de detetive."

"É como eu me sinto. Você é divertido, gosto de sair com você, mas nada mais do que isso. Sinto muito."

"Você sabe que não vai conseguir nada com Simon, não é? Parei de contar o número de mulheres que tentaram e falharam. Parece que aquela postura de cara impossível de conquistar funciona como um imã para mulheres!"

"Isso é vagamente ofensivo", Jaque disse, tomando um gole de vinho. "Mas se você quer saber, não vou atrás dele também... fui à exposição para conhecer homens e aconteceu de eu me encontrar com Simon."

"Então você está de olho em alguém que ganhe mais dinheiro, é isso?"

"Mais dinheiro não seria ruim, mas não é minha meta principal."

"E qual seria sua meta principal?"

"Alguém compatível, alguém que seja bem como eu."

"E eu não sou?"

"Não neste momento."

"Ah!", Rob disse e enfiou o garfo em um pedaço de lagosta com um pouco de selvageria. "Que pena. Achei que tínhamos química."

Jaque deu de ombros. Rob era tão seguro de si que provavelmente presumia que todo mundo era louco por ele.

Jaque nunca gostou de terminar com as pessoas, mesmo da forma mais civilizada. Pelo menos Rob superou sua decepção rapidamente e eles terminaram a refeição em termos razoáveis. Jaque concordou que isso seria para o melhor, já que eles provavelmente continuariam a se ver por causa de Sarah e Aaron.

Agora Jaque estava enrolada em seu pequeno sofá, em seu pequeno apartamento, olhando para o papel de parede rosa barato que ela passou a última década querendo pintar, um copo reconfortante de vinho em uma mão, e seu laptop equilibrado nos joelhos.

Os comentários de Rob sobre conquistar o cara impossível realmente a irritaram. Ela não estava perseguindo Simon, embora não tivesse tanta certeza de que ele era impossível de conquistar. Difícil, certamente, mas ela tinha uma vantagem. Ela sabia do passado dele. E era um tipo de passado muito bem enterrado, mas que perturbava, como se ele estivesse escondendo coisas.

Ser filho de um famoso serial killer já era ruim o suficiente. Fazer parte dos seus crimes era ainda pior. Então Jaque simplesmente decidiu que tinha que saber exatamente qual o papel de Simon em tudo. Isso a ajudaria a resolver se ela dava um fim naquilo, que não era um passo muito inteligente na sua carreira, ou continuava a ver Simon.

Ela permaneceu amiga de alguns homens com quem namorou. Ela poderia se tornar amiga de Simon. Ele parecia não ter nenhum amigo e poderia resistir, mas se ela fosse cuidadosa e respeitasse seus limites, talvez eles conseguissem.

Jaque tomou um gole de vinho para fortalecer a coragem e digitou sua senha no banco de dados da polícia. Uma pontada de culpa a fez hesitar antes de consultar os arquivos de Simon. Então ela pensou que ele nunca lhe contaria tudo, porque a revelação provavelmente seria muito dolorosa. Aquilo a fez pressionar 'enter', e uma série de documentos se descompactaram do arquivo chamado Adrian Black aka Simon White.

A primeira coisa que Jaque olhou foi o registro de prisão. Foi lá que ela descobriu que Simon tinha 14 anos quando foi descoberto. Que era a palavra mais apropriada para arrombar a porta trancada do quarto do garoto. Acontece que o nascimento de Simon não tinha nem sido registrado e antes de entrar na casa, a polícia não tinha ideia de que ele estava lá.

Investigações posteriores nunca descobriram o nome ou o paradeiro de sua mãe. Ela pode ter sido uma vítima de Gregory Black, ou simplesmente um relacionamento curto. Também não havia registro de casamento, e Black levou o segredo de quem era a mulher para o túmulo. Simon, segundo os registros, não tinha memória de nenhuma mulher vivendo na sua casa, muito menos de sua mãe.

Testes de DNA confirmaram que Simon era de fato filho de Black. Jaque se perguntou como ele se sentia com isso. Uma parte de Simon certamente esperava que ele não compartilhasse nada com aquele monstro.

Jaque folheou fotos do quarto de Simon. O mobiliário era simples e tinha a aparência de algo que foi comprado nos anos setenta. O tapete era cor de laranja sujo. Uma simples cama de madeira ficava no meio do cômodo. Além disso, havia um guarda-roupa, uma mesa de tamanho infantil cheia de papéis espalhados e uma cadeira de madeira correspondente. A pequena janela do quarto tinha sido vedada, e dava para a paisagem lateral estreita da cerca do jardim do vizinho.

Até agora bem comum, quase antiquado. Mas o que Jaque tinha temporariamente bloqueado eram as paredes. Dois terços das paredes foram com rabiscos pretos que transformavam o quarto em algo opressivo.

Jaque folheou os arquivos de fotos de closes da parede. Havia milhares. Muitos eram apenas olhos e bocas escancaradas, manchas pretas de arranhões tão profundos que danificavam o papel de parede e a placa de gesso por baixo. Quando ela chegou às imagens mais acima na parede, havia mais detalhes, presumivelmente porque Simon era mais velho, e sua técnica de desenho tinha melhorado. Ali estavam imagens grotescas de mulheres sendo estranguladas, línguas escorrendo, olhos estatelados, braços abertos, e um homem olhando para elas, às vezes vestidas, às vezes nuas. Às vezes, havia o que parecia ser um menino no canto, enrolado como uma bola com as mãos sobre a cabeça. Cigarros brilhantes também apareciam muito, sendo pressionado na pele tanto das mulheres quanto do menino, além fumaça e linhas giratórias, arranhões e monstruosos dentes afiados.

Jaque sentiu-se mal só de imaginar o trauma de uma criança vivendo aquilo tudo. Ela achava que tinha se habituado à depravação em todas as suas formas. Ela havia resgatado crianças de lares abusivos, mas isso parecia estar em um nível totalmente diferente.

Ela tinha visto o suficiente, então folheou as transcrições do julgamento. Com elas, ela aprendeu exatamente como Gregory Black tinha usado seu filho. Ela tinha ouvido no noticiário na época que Simon tinha sido usado como isca, mas eles nunca tinham explicado como isso foi feito. Isso porque Simon era menor de idade, e o tribunal não permitia fazer reportagens sobre sua participação nos crimes.

Aparentemente, Gregory Black empurrava o filho para a frente dos carros das mulheres. Quando eles paravam para verificar a criança ferida, Black as raptava. Embora Black fizesse essa coisa horrível quando os carros estivessem saindo e ainda não tivessem atingido a velocidade máxima, a atividade resultou em inúmeras fraturas no braço direito e nas costelas de Simon, que tinham sido tratados em casa. Parecia que Simon só saía de casa à noite, quando seu pai pretendia usá-lo. O menino também estava desnutrido, coberto de contusões e queimaduras de cigarro, e com deficiência de vitamina D quando foi encontrado.

Jaque percebeu que estava segurando a tela com tanta força que poderia quebrar o monitor com os polegares, então ela se forçou a se acalmar com uma respiração profunda, e soltou o computador. Ela estava tremendo. Pobre Simon, era tudo pior do que ela temia! O fato de ele ser relativamente normal e capaz de manter um emprego era um milagre.

Havia mais um arquivo que ela queria ver, e que era a avaliação psicológica de Simon. Uma tal Doutora Helen Nobel tinha sido a responsável. Ela era boa em explicações, Jaque descobriu lendo as anotações. Alguns psicólogos são péssimos com a papelada sobre os pacientes.

A partir das notas da Dra. Nobel, Jaque descobriu que Simon tentou se matar cortando os pulsos, não uma, mas pelo menos duas vezes, enquanto ainda morava com o pai. Gregory Black tinha intimidado tanto o filho que ele fazia praticamente tudo o que lhe era ordenado sem resistência. Ele também foi completamente doutrinado para nunca confiar em oficialismo e temer a polícia. Uma precaução necessária, Dra. Nobel observou, para proteger Black de ser traído por seu filho.

O menino estava traumatizado e estressado, sofria de insônia e dissociação. Ele também só interagia com o pai, então não tinha habilidades sociais.

Ele também não aprendeu a ler ou escrever. De acordo com Simon, seu pai tinha tentado ensinar, mas falhou, e passou a se referir a Simon como uma criança idiota desde então. Testes na instituição para a qual Simon foi enviado revelaram que ele tinha um QI alto, mas era disléxico. Ele aprendeu a ler e escrever lá, mas foi uma luta.

Jaque ficou impressionada com o trabalho da instituição com Simon. Ele tinha sido enviado para uma unidade especial, reservada para as crianças mais problemáticas. Ao contrário dos lugares onde eles apenas trancavam os jovens menos perigosos, havia muito mais terapia e educação. Simon tinha continuado a desenhar, e seu trabalho passou lentamente das imagens de trauma para imagens que acalmavam e curavam.

Isso explicava as pinturas de nuvens, pensou Jaque, e ela pegou seu vinho. Realmente, o pobre garoto tinha sofrido mais do que a maioria. Não foi culpa dele, e Jaque ficou profundamente grata.

Simon era um sobrevivente. Tenaz. Ele superou sua infância terrível e se tornou um adulto decente e quase normal. Jaque queria agora, mais do que nunca, conhecer melhor o verdadeiro Simon. E ela esperava que ele deixasse.

15

SIMON ESTAVA CLICANDO RAPIDAMENTE nas fotos do último lançamento de móveis de um cliente quando chegou a uma foto que chamou sua atenção. Era um sofá-cama completamente plano, com pernas quase invisíveis, e uma base de veludo verde que se misturaria bem com sua decoração atual.

Seria perfeito para Jaque, foi o seu primeiro pensamento, e ele ficou tão surpreso que empurrou o corpo para trás.

"Algo errado, chefe?", Brian perguntou, olhando por cima do seu monitor enquanto inseria todos os móveis anteriores do cliente em um banco de imagens.

Aisha também olhou para ele. Ela era trabalhadora, mas nunca perdia a oportunidade de participar de qualquer conversa.

"Acabei de encontrar um móvel que talvez eu compre", disse Simon.

"Desses caras?", Aisha disse, abrindo a boca em surpresa. "Bom, o móvel mais barato deles é banquinho que custa mais de mil libras. Não vale a pena. Eu tenho um tio que pode fazer a mesma coisa por um terço do preço."

"Você sempre tem um tio para tudo...", disse Brian, e cutucou Aisha de brincadeira.

"O preço não é apenas pelo custo dos materiais", como os dois aparentemente queriam aprender com ele, Simon estava tentando o seu melhor para explicar sua visão do mundo. Na maioria das vezes, os estagiários pareciam gostar. "Olhe para esta peça e me diga o que você vê", disse Simon, ampliando a imagem que encheu seu monitor maior.

"É muito simples...", disse Aisha, "o que eu sei que você gosta. Design elegante que pode contar uma história com uma única linha."

"Tem um equilíbrio perfeito e vai se misturar bem na minha sala de estar."

"Contexto é tudo", disse Brian, repetindo uma frase que Simon o havia ensinado.

"Mesmo assim, não sabia que você ganhava o suficiente para esse tipo de mobília", disse Aisha. "Ou você tem um fundo fiduciário, ou ganhou na loteria, ou algo assim?"

"Algo assim", disse Simon. "Tenho uma reunião com Sarah agora. Vocês continuem o trabalho."

"Ele tem um apartamento em Docklands", Simon ouviu Brian sussurrar para Aisha enquanto saía.

"Eu me pergunto quanto custou", disse Aisha, dando a Simon um olhar especulativo.

Ele não se importava com esse tipo de fofoca. Seu dinheiro foi honestamente ganho e ele pagava seus impostos, então não tinha nada para se preocupar. Não nesse aspecto.

Ele se perguntou o que Sarah tinha a lhe dizer. Ela finalmente voltou ao escritório depois de duas semanas, parecendo mais pálida e magra.

"Simon!", ela disse, sorrindo, enquanto ele entrava na sala de reuniões com paredes de vidro.

"Água", disse Simon, colocando a bandeja com dois copos e um jarro entre eles.

"Não é café?"

Sua pergunta era válida. Geralmente, Simon chegava com duas canecas de café.

"Notei que você estava evitando café esta manhã, e pareceu enjoada quando Liz lhe ofereceu uma xícara."

Sarah riu e disse: "As habilidades de observação de Jaque parecem estar passando para você."

"Eu não diria isso, mas você está bem?", Simon perguntou enquanto ele se acomodava e pegava seu iPad. Ele gravava suas reuniões em vez de tomar notas.

"Eu estou bem. Eu só...", Sarah hesitou, dando a Simon um olhar mais pensativo. "Você não vai gostar de ouvir isso, e por enquanto eu te agradeço se você não contar a ninguém, mas estou grávida."

Simon piscou para Sarah, tentando entender por que ela estava lhe dando essa informação, até que ele entendeu.

"Licença-maternidade..."

"Eu conversei sobre isso com Aaron. Nós vamos dividir a licença, mas no total, eu vou tirar um ano de folga."

"Um ano inteiro!"

"Sinto muito!", disse Sarah, mas sua voz tinha uma pontada de diversão, mesmo quando ela olhou de Simon para o escritório de plano aberto além dele.

Ela provavelmente estava conferindo se alguém estava ouvindo. As salas de reuniões não eram bem isoladas e Simon percebeu que tinha falado um pouco alto demais.

"Será que você vai voltar?"

Simon estava bem ciente de que muitas licenças-maternidade se transformaram em demissões no final do ano.

"Esse é o meu plano atual, mas quem sabe como vou me sentir depois que o bebê nascer?"

"Entendo", percebendo que seu comportamento não era totalmente apropriado, Simon disse "Parabéns!", mas temeu soar falso.

Sarah apenas riu, corando alegremente.

"Discuti isso com Louise, e concordei que deixaríamos você decidir se quer assumir o meu papel enquanto eu estiver fora. Se não, a empresa contratará um funcionário temporário."

Louise era a gerente de Sarah. Ela era uma mulher mais velha que ficava facilmente irritada, e Simon era grato por Sarah ser a única a lidar com ela. O pensamento de ter reuniões individuais com Louise foi um golpe definitivo e intensificador, mas ele também não gostava da ideia de um desconhecido como seu novo supervisor.

"Dá um tempo para eu pensar sobre isso?"

"Claro, mas não demore muito. Precisamos anunciar a vaga se você não estiver interessado e isso também pode demorar um pouco."

***

Jaque estava parada do lado de fora da casa de Simon e se perguntando se ela estava sendo muito insistente, especialmente agora que ela sabia sobre sua vida. Por outro lado, se ela não estendesse uma mão amiga, ela poderia nunca mais ver Simon novamente. Ela debateu os prós e contras até se sentir mal porque os pensamentos não progrediam além de um certo ponto.

Normalmente era melhor evitar pessoas problemáticas, e ainda assim ela queria ver Simon. Ela gostava daquele bastardo muito magro e com o passado horrível. Ele era tudo que ela deveria ter evitado. Tudo que ela jurou que seria uma enorme decepção. Mas ali estava ela novamente.

Ela tinha comprado comida tailandesa naquele dia. No entanto, ninguém respondeu a campainha. Ele a estava evitando? Ela deveria aproveitar a deixa e sair?

"Jaque?"

Lá estava ele, no fim do corredor, chegando em casa e nem mesmo parecendo surpreso.

"Olá, trabalhando até tarde?"

"Clientes trabalhosos!", disse ele enquanto tirava a chave do bolso do casaco. "Qual é a sua desculpa hoje?"

"A principal é que achei que você poderia comer algumas calorias extras..."

Jaque levantou um saco de papel estampado com o Dragão de Sião em letras verdes na frente, e acariciou-o amorosamente com a mão direita como alguém mostrando um prêmio de uma competição.

"Ah, sim", Simon deixou a porta aberta atrás dele como permissão tácita para ela entrar. "E as outras?"

"Melhor discutido dentro de casa!", disse Jaque, seguindo-o, "eu realmente deveria ter seu celular. Assim, posso te avisar quando vier", Jaque achou que estava sendo ousada, mas também, se ela não fizesse isso, ele também não faria. "E você deveria ter o meu, apenas para... só por precaução."

"Assédio policial", Simon murmurou, mas pegou um Post-it, escreveu seu número e o colou na mesa da sala de jantar antes de buscar os pratos.

Isso tranquilizou Jaque. Ele poderia até estar dizendo uma coisa, mas ele estava fazendo outra. Talvez ele tenha sentido o mesmo empurrão que ela sentiu.

"Aqui", Jaque rasgou o Post-it em dois. "O número de cima é o meu telefone pessoal, o de baixo, do trabalho. Eu não espero que você precise do meu número de trabalho, mas por via das dúvidas..."

Simon balançou a cabeça e colou sua metade da nota na mesa de trabalho. Jaque salvou o número no seu telefone antes de começar a desempacotar a comida. O cheiro do arroz de coco era quase intoxicante e sua boca se encheu d'água.

"Outro caso?", Simon perguntou enquanto entregava um prato, uma faca e um garfo para ela.

Jaque decidiu não dizer a Simon que eles deveriam comer comida tailandesa com um garfo e uma colher, e apenas serviu metade do arroz no seu prato.

"Temo que sim. Isso também é parte da razão pela qual estou aqui. Você quer saber?"

"Não."

A resposta foi definida e esperada. Pelo menos ela estava conhecendo Simon melhor nesse aspecto, e com sua verificação de antecedentes, ela entendeu por que ele ficava ainda mais relutante em ouvir sobre casos. Especialmente este, que também envolveu crianças.

"Eu pensei que você tinha que respeitar a confidencialidade", disse Simon, servindo-se de algumas colheradas de arroz e cobrindo-o com o curry verde cremoso.

"Se eu o chamar de consultor, e pagar por suas palavras de sabedoria, posso compartilhar certos aspectos do caso."

"Jaque...", Simon disse, olhando para ela, o que foi uma surpresa. Ele raramente olhava para ela por muito tempo. "É muito difícil para mim ouvir sobre outras pessoas sofrendo, especialmente por causa do comportamento criminoso. Além disso...", ele acrescentou, olhando de volta para sua comida. "...eu realmente não sei o que consigo fazer que consultores apropriados, perfiladores criminais e psicólogos não conseguem. Sem mencionar sua própria experiência."

Jaque assentiu, e então se viu incapaz de olhar para Simon.

"Eu entendo. Eu... dei uma olhada mais profunda na sua ficha. Sinto muito."

Simon piscou para ela e disse: "Achei que você já tivesse feito isso há muito tempo. E me surpreendeu você ter voltado aqui apesar disso."

"Por que eu não voltaria?"

"Com a minha história? Por que você gostaria de estar perto de mim?"

"Porque te acho admirável. Porque você superou uma juventude terrível e está vivendo uma vida decente."

A mão de Simon tremeu e ele rapidamente abaixou a faca e colocou a mão debaixo da mesa.

"Desculpa", disse Jaque. "Você não quer falar sobre isso. Eu só senti que deveria ser honesta e contar o que eu fiz. Eu prometo que ninguém mais vai saber sobre isso por mim."

Simon franziu os lábios e deu um longo suspiro que Jaque não conseguiu interpretar, mas então ele assentiu.

"Vamos mudar de assunto", Jaque disse. "Isso foi muito pesado e eu não pretendia estragar o clima. Conte-me sobre suas pinturas. Por que você se interessa tanto em pintar o céu?"

"Só acho o céu lindo, você não?", disse Simon, e olhou para cima para apontar para uma de suas pinturas de metros de largura. "Muitas pessoas querem comprar uma casa com uma bela vista para o mar ou para um parque. Mas enquanto eu tiver uma vista do céu, estou feliz."

"Uma vista do céu?", Jaque inclinou a cabeça para considerar, pensando em como a única visão de Simon quando era criança era a cerca de alguém. "Sim, gosto da ideia."

Do jeito que a conversa estava indo, era melhor não falar sobre nada em particular, nada relacionado ao trabalho ou o passado sórdido de alguém.

"Eu acho que você já sabe sobre a Sarah...", disse Simon.

"O que eu deveria saber?"

"Que ela está grávida."

"Ah, então ela te contou."

"Ela ainda não contou para todos, mas está planejando a licença-maternidade e eu preciso decidir o que quero fazer, por isso ela me contou."

"Você não quer o trabalho dela, quer?"

"Não quero. Mesmo."

"Mas seria dinheiro extra, e Sarah está envolvida com design, então você ainda estaria fazendo o que gosta."

"Só que menos."

"E qual é o problema?"

Jaque ficou comovida por Simon a estar usando como ouvinte. Pareceu, pela primeira vez, que ele podia apoiar-se um pouco nela. Do mesmo jeito que ela às vezes recebia apoio dele, mesmo que ele não percebesse.

Simon deu de ombros.

"Acho que sou pior em me adaptar a mudanças do que pensava. Não quero um novo gerente, mas também não quero me reportar diretamente à gerente da Sarah. Não nos damos muito bem."

"Você não sabe, pode ser que você se dê bem com um novo gerente."

Simon parecia duvidoso.

"Talvez."

"Você realmente tem uma escolha? Quero dizer, se Sarah decidir não voltar, você terá que se adaptar a isso também. Que outra opção você tem?"

"Eu poderia simplesmente me demitir e me dedicar à minha pintura. Talvez até pintar algo diferente de nuvens...", disse Simon com um olhar significativo para Jaque.

"Isso seria suficiente para pagar as contas?"

"Eu consigo."

Jaque olhou pensativamente para Simon, que parecia refletir profundamente. "Isso não seria bom."

Sua força repentina surpreendeu Simon, e ele olhou para cima.

"Por que não seria bom?"

"Porque você estaria sozinho. Você nem sequer viaja nas férias. Seria muito, muito ruim para você ficar escondido neste lugar todos os dias, desaparecendo no nada."

O espanto de Simon cresceu enquanto ele ouvia Jaque e ele disse, ligeiramente na defensiva: "O que faz você pensar que eu iria desaparecer?"

"Porque você provavelmente pararia de comer. Estou convencida de que você só come quando está cercado de pessoas. E eu sei que você me disse que está perfeitamente feliz sozinho, mas não consigo ver isso sendo bom para você, sério."

Simon estava parecendo cada vez mais surpreso, e Jaque de repente se sentiu envergonhada e como se tivesse ultrapassado outro limite. Afinal, eles nem sequer eram amigos, embora ela sentisse que estavam se aproximando. "Eu não deveria incomodar. Vou mudar de assunto."

"De novo?", Simon disse, mas não parou antes de acrescentar: "Sarah me disse que você estava procurando um namorado, e que Rob não serve."

"Por que esse comentário agora?" Jaque se perguntou.

"Ah, ela disse? Bem, ela não está errada, obviamente. Acho que se houvesse mais uma ou duas solteironas feito eu no mundo, eu ficaria bem. Mas sou a última, aparentemente."

"Entendo."

"Você já pensou em ter filhos?"

Simon olhou para cima, confuso por um segundo, então seu rosto ficou branco e seu garfo caiu de seus dedos sem energia e bateu na mesa de repente, derramando comida por toda parte.

"Não...", murmurou Simon, tentando pegar um grão de arroz com uma mão que estava tremendo tanto que ele não conseguia segurar e acabou mandando uma ervilha para fora da mesa. "Não, não, não, eu...."

"Simon!", Jaque embargou sua voz com o imperativo com o qual foi treinada para acidentes ou depois de crimes violentos, usado com qualquer pessoa em choque. "Tudo bem. Respire fundo, e conte comigo: Um!", disse ela e respirou.

Simon parecia magoado, e ela se perguntou o que havia provocado aquilo. Fosse o que fosse, provavelmente era melhor deixar para lá.

"Dois!"

Desta vez, ele a seguiu e respirou fundo, e a seguiu com uma terceira, quarta e quinta. Parecia que ele estava familiarizado com essa tática calmante e lentamente corado. O constrangimento tinha tomado conta.

"Você... quer ter filhos?", Simon perguntou.

"Não quero", Jaque respondeu brevemente, e menos surpresa que ele tinha perguntado do que ficaria com qualquer outra pessoa.

Ela já tinha notado que Simon era do tipo recíproco. Ao contrário de muitos homens quando perguntados sobre suas férias, trabalho ou hobbies, continuavam falando sem parar presumindo que todos queriam ou mudavam para falar sobre outra coisa sobre gloriosa sobre eles mesmos, Simon sabia que o mundo não girava em torno dele. Ele sabia que as pessoas gostavam de responder sobre si mesmas, e então ele perguntou. Uma mudança refrescante para Jaque.

"Não quer?", Simon perguntou.

Jaque presumiu que como a pergunta não era sobre ele, ele conseguiria lidar com o assunto, e também porque a gravidez de Sarah não o tinha impactado.

"Acho que meu trabalho tirou isso de mim. Eu vejo o que acontece com crianças", Jaque disse, percebendo que era provavelmente um erro, porque Simon tinha sido usado e abusado. "E eu sei no que crianças se tornam. Nem todas, obviamente. Mas eu também amo meu trabalho e não quero perder uma década de experiência deixando-o em segundo lugar enquanto cuido de uma criança, o que vai acontecer inevitavelmente..."

"Talvez seu marido...", disse Simon, ainda abalado, mas ficando mais calmo.

"Uma criação correta deve envolver ambos os pais. E tenho a sensação de que pais que fazem isso corretamente têm suas carreiras afetadas. Eu não acredito na história de ter uma carreira de sucesso e criar filhos. É um grande trabalho se você pretende fazer qualquer um deles direito. Além disso, você viu minhas horas de trabalho. Seria impossível, certo?"

"Acho que sim."

"Desculpa", Jaque disse, esticando a mão pela mesa, mas sem tocar Simon, "não queria que essa conversa ficasse tão pesada. Por que você não me conta sobre... sei lá, as séries que você assiste?"

Simon deu-lhe um sorriso irônico e disse: "Sou muito eclético. Gosto de muitas coisas. As únicas coisas que evito são thrillers e séries policiais."

"Sério? Esses são os dois gêneros favoritos da maioria dos meus amigos homens."

"Sim, dos caras que trabalham comigo também!", Simon disse e, de forma não costumeira, se serviu de um segundo prato de comida, desta vez a sobremesa de arroz doce com manga e coco. "Mas acho muito estressante. E você?"

"Eu também odeio séries policiais", disse Jaque, surpreendendo Simon, assim como sempre acontecia quando ela falava isso.

"Você não gosta de séries policiais?"

"Elas me deixam louca com o policiamento terrível. As besteiras entre colegas e o desrespeito pelas leis e procedimentos policiais corretos, principalmente vigilância. E nem me faça começar a falar das conspirações estúpidas. Por exemplo, os únicos policiais que conheci que foram acusados de um crime realmente fizeram isso. A maioria dos criminosos são estúpidos demais para incriminar um policial, e seriais killers não são supercriminosos oniscientes, eles—"

Jaque parou, mortificada. Ela tinha feito de novo e Simon tinha congelado, observando-a com incerteza.

"Desculpa, eu esqueci completamente."

"Sério?", Simon disse cautelosamente. "Eu acho... que isso é uma coisa boa."

"Eu nunca confundi você com Gregory Black. Se tivesse, não teria dormido aqui."

"Não... Eu não achei que você confundiria."

"Sabe, foi uma noite estranha, mas não foi ruim. Talvez estejamos ficando mais confortáveis um com o outro, e é por isso que todas as coisas sobre as quais nunca ousamos falar antes começaram a sair."

Apesar de pensar nisso, foi Jaque quem cutucou todos os pontos sensíveis de Simon. Sua vida tinha sido uma vida de classe média chata, exceto talvez pela sua sensibilidade com namorados, mas dificilmente se comparava.

Simon parecia estar pensando na declaração dela. Ele inclinou a cabeça para o lado e estava distraidamente cutucando seu último pedaço de manga. Jaque decidiu não forçar mais. Ela veio principalmente porque queria vê-lo, mas ela também estava cansada e um bocejo monstruoso a dominou.

"Você deveria ir dormir", disse Simon.

"Eu realmente deveria", Jaque decidiu ser graciosa sobre o desejo óbvio de Simon de terminar a conversa. "Acabou a reforma na delegacia. Eu deveria ir."

"Se você quiser...", Simon começou, e depois parou.

"Você está me oferecendo seu sofá desconfortável mesmo?"

Simon corou e disse: "Eu comprei um sofá-cama."

"O que?", Jaque perguntou, olhando para a sala de estar que agora estava envolta em escuridão.

Simon tirou o telefone, mexeu com ele por um momento, e uma lâmpada padrão e um par de arandelas de parede acenderam, envolvendo a sala com um brilho suave. Foi quando Jaque percebeu que a metade da sala de estar que antes era ocupada pelo cavalete gigante de Simon agora fora tomada por um elegante trecho plano de veludo verde-oliva. Era uma cama de solteiro perfeita com duas almofadas, tipo travesseiros, em cada extremidade.

"O cobertor", Simon disse, entregando-o. "E um lençol para o sofá."

"Você comprou isso por mim?"

"Claro que não!", Simon se virou de costas para ela não ver seu rosto. "Só achei bonito."

"Ah, claro!", Jaque disse, e se perguntou o que estava realmente acontecendo.

"Você parece alegre hoje, Simon", disse Liz ,colocando café na mesa dele.

Era sua vez de preparar bebidas para a equipe e ela estava fazendo suas rodadas lentas habituais, parando para fofocar em cada mesa.

"Sim."

"Parece que você ganhou peso também, muito bem."

Simon se sentiu muito envergonhado para responder, e apenas deu-lhe um sorriso antes de tomar um gole de café.

Felizmente, Liz não esperava que ele fofocasse e seguiu em frente.

"É por causa da Jaque, não é?", Sarah disse, inclinando-se em sua cadeira para fechar o espaço entre eles. "Ela me disse que tem ido muito à sua casa ultimamente."

Simon ficou horrorizado ao saber que Jaque havia contado a alguém sobre suas visitas. Não que elas fossem muita coisa. Era apenas Jaque aparecendo com comida, um pouco de conversa, e ela adormecendo, geralmente desaparecendo na manhã seguinte, se não mais cedo, sem trocar nenhuma palavra. Era estranho o fato de ele ter dormido melhor com ela na sua casa da última vez.

Sua consternação deve ter sido refletida em seu rosto, porque Sarah apenas deu-lhe um sorriso e disse: "Não se preocupe, ela só contou para mim, e eu não vou dizer a ninguém."

Simon sinceramente esperava que fosse esse o caso.

"Já pensou no outro assunto?"

Simon assentiu. "Conversei com a Jaque."

"Ah, sim? E o que ela disse?"

"Que a vida é feita de mudanças."

"Aposto que ela fez você falar mais. Por causa do trabalho dela, eu acho, muitas vezes me flagro contando mais do que eu pretendia para Jaque. Mas geralmente é útil conversar sobre as coisas."

Simon tentou pensar na conversa. Sua memória ficou turva, abalada por algumas partes. Ele dispensou falar com Sarah sobre a possibilidade de demissão, a única coisa sobre a qual Jaque tinha sido inflexível.

Simon conferiu se não seria ouvido por ninguém, e respondeu: "Vocês deveriam contratar alguém. E mesmo que eu te substitua, alguém precisa me substituir."

"Ok", disse Sarah. "Vou conversar com a Louise."

"E eu espero mesmo que você volte", disse Simon.

16

S IMON OLHOU PARA O telefone, tentando entender a mensagem. Era de Jaque. A primeira vez que ela enviava uma mensagem para ele. Ele estava no bate-papo do grupo de trabalho e recebia mensagens ocasionais relacionadas ao trabalho, mas aquilo era algo novo.

Eu vou para Brighton neste sábado. Quer ir comigo? Você pode ver o mar!

Na opinião de Simon o ponto de exclamação era desnecessário. E o que mais o interessava em Brighton era o pavilhão. Na verdade, era uma obrigação, não importava que alguém pensasse que era uma obra-prima, uma curiosidade interessante, ou um desastre do design.

Simon se arrependeu de abrir a mensagem. Porque Jaque saberia que ele tinha lido. Ele também não conseguia parar de verificar seu telefone, como se tivesse havido um erro e Jaque se lembraria da mensagem.

"Ah, então ela está te mandando mensagens...", Rob disse, lendo sobre o ombro de Simon.

Simon ficou tão surpreso que quase deixou cair o telefone.

"Ouvi dizer que vocês terminaram."

"Bem...", o rosto de Rob virou uma careta descontente, "De acordo com ela, nós nem começamos..."

"Ah", disse Simon, sem saber o que acrescentar.

Ele raramente se envolvia em conversas sobre amantes, parceiros, rixas conjugais ou filhos, já que não tinha nada para contribuir.

"Eu disse a ela que ela está perdendo tempo com você."

Simon piscou para Rob, tentando entender o significado das palavras.

"Vocês dois falaram sobre mim?"

"Eu vi vocês juntos na exposição de arte. Dava para ver que ela gosta de você."

"Gosta?", Simon disse e começou a entrar em pânico.

"Metade das mulheres desse escritório já tiveram uma queda por você em algum momento", Rob disse, mexendo com a mão, abrangendo todas as mesas."

"Tiveram?"

Rob riu tão alto que fez as pessoas perto dele pularem.

"Acho que você nunca se deu conta. Típico. Foi exatamente por isso que eu disse a Jaque para desistir. Então, você vai para Brighton com ela?"

"Não sei", Simon disse, mas seu espírito muito competitivo estava despontando e ele pensou que talvez fosse, no fim das contas.

"Ela é uma mulher insistente, provavelmente muita areia para o seu caminhãozinho", Rob disse, batendo no ombro de Simon. "Faça só o que você se sentir confortável em fazer."

Simon assentiu, sentindo-se menos inclinado ainda a seguir o conselho de Rob enquanto o via se afastar, parando para falar com Aisha. Ele tinha o hábito de puxar papo com todas as mulheres novas do escritório.

"Ele está com ciúme", Sarah disse, inclinando-se sobre a divisória entre eles. "Ignore-o."

"Eu estava planejando mesmo."

Sarah sorriu para ele e disse: "Acho que você e Jaque podem se divertir. Por que não tentar?"

Agora Simon tinha dois conselhos conflitantes. E pensar no que ele diria fazia com que ele mal se concentrasse no seu trabalho. Sua reação inicial foi um não imediato. Mas então ele vacilou, e isso foi uma surpresa.

Além de ir trabalhar, ele raramente deixava o refúgio de seu apartamento. Ele mal conhecia Londres. Geralmente, só visitava clientes e comparecia às atividades ocasionais da equipe. Sua atividade menos favorita tinha sido paint ball em uma área externa de Londres cheia de tinta espalhada, edifícios meio demolidos, e moitas que arranhavam.

Ele achava que correr, se esconder, e tentar não levar um tiro era muito estressante. Ele ficou aliviado quando foi pego no fogo cruzado entre sua equipe vermelha e a equipe azul. Assim, ele pôde voltar para a tenda e passar o dia com o resto dos física e mentalmente incompetentes, comparando contusões.

Seu favorito, inesperadamente, foi um dia de ajuda em uma fazenda urbana. Além de ver gatos e cachorros de outras pessoas, ele não conhecia muitos outros animais. O tamanho e o cheiro de vacas, porcos, ovelhas e cabras o surpreenderam, assim como a agressividade dos galos e dos gansos.

Limpar os estábulos era um trabalho sujo, no entanto, ele tinha gostado. Ele ainda fazia uma doação permanente à fazenda, embora nunca tivesse voltado. A fazenda não tinha câmeras de vigilância.

Uso uma câmera de corpo se isso faz você ficar mais confortável, disse uma mensagem de Jaque quando Simon estava arrumando as coisas para ir para casa. *Prometo que vamos nos divertir.*

Simon não estava convencido, mas fez terapia o suficiente na vida para saber que sua hesitação significava que ele estava pelo menos interessado. Ele só estava indeciso sobre o interesse ser no pavilhão, no mar, ou em passar tempo com Jaque.

OK, ele respondeu, *Mas eu quero ver o pavilhão.*

Seu desejo é uma ordem! Vamos nos encontrar na estação de Croydon às 10h. Precisamos começar cedo se vamos fazer todos os passeios turísticos de Brighton em um dia.

Simon olhou para o telefone pensando que tinha perdido a cabeça. Ela nem tinha confirmado a câmera do corpo. Foi uma estupidez, mas provavelmente o faria se sentir mais seguro. Só que Dra. Nobel pediu a ele que tentasse superar a ansiedade, por isso, ele não disse nada. Nem sobre isso nem sobre sair a sós com uma mulher atraente.

17

JAQUE PROCUROU CÂMERA DE vigilâncias na estação de Croydon pela primeira vez. Era um sinal de que ela estava conhecendo Simon melhor. E certamente ele estava de pé distintamente onde as câmeras o captavam, observando os portões de entrada como um falcão, vestido com uma camiseta vermelha de mangas compridas surpreendentemente brilhantes.

Foi um pouco tumultuado passar Poppy pelas barreiras, retrievers são cães muito ansiosos. Jaque se arrependeu de não a levar para passear antes. A vantagem foi que a multidão se afastou para deixar Poppy passar.

"Simon!", Jaque disse na sua voz de chamar a atenção de alguém, e acenou quando ele se virou para ela.

Ela sentia que estava sorrindo de orelha a orelha, mas não sabia o que fazer enquanto se aproximava. Um abraço seria demais, um aperto de mão muito estranho. Então ela apenas deu-lhe um aceno de cabeça.

"Você tem um cachorro!", Simon disse e deu um passo para trás quando Poppy tentou cheirar sua perna.

"Não é minha. Ela é o motivo pelo qual estou indo a Brighton. Vou devolvê-la à minha tia. Meus pais estavam cuidando dela enquanto minha tia viajava."

"Ah", Simon disse e pareceu duvidoso.

"Merda, eu nem pensei em perguntar. Você não é alérgico ou fóbico ou algo assim, ou é?", Jaque disse, puxando a guia de Poppy para prendê-la ao seu lado.

"Não, eu... gosto de animais", disse Simon, ainda parecendo inseguro.

Jaque presumiu que ele tivesse pouca experiência com animais.

"Venha, vamos pegar o trem. Então podemos conversar e eu vou apresentá-lo corretamente para Poppy."

Eles não tiveram muito tempo para esperar pelo serviço regular de Brighton, e tiveram a sorte de conseguir quatro assentos, então eles se sentaram de frente um para o outro e Poppy ocupou o chão entre eles. Ela estava sentada em uma pose que dizia 'estou muito feliz e curiosa em te conhecer', com uma das orelhas para cima.

"O que ela é?", perguntou Simon, inclinando-se para a frente e estendendo a mão, mas a uma distância segura.

Poppy se inclinou para cheirar, e depois deu uma lambida completa na mão de Simon. Ele se encolheu, mas não se afastou.

"Ela é uma Springer Spaniel, muito amigável, como você pode ver, e muito enérgica para viver em uma pequena casa em Brighton. Pelo menos minha tia a leva para passear muitas vezes no dia."

"Suponho que sim", disse Simon, olhando ao seu redor.

Jaque sabia que estava procurando as câmeras e verificando os outros passageiros. O vagão estava meio cheio, o que era bastante vazio para o trem de Brighton em um sábado de verão. Provavelmente ficaria mais cheio mais para o fim da manhã. Enquanto isso, eles haviam deixado a sujeira de Croydon para trás e estavam no Green Belt, cheio de colinas, campos, sebes e bosques de carvalho e freixos.

"É bonito, não é? Fico sempre espantada com o quão exuberante tudo parece no verão, com quase nenhuma nuvem no céu hoje. Você vai ver Brighton na sua melhor forma."

"Sim", disse Simon, olhando pela janela, "Isso vai ser bom."

Ele parecia mais relaxado do que o habitual, e Jaque o deixou apreciar o cenário. Afinal, supostamente aquilo era novidade para ele, o que era uma pena. Jaque era suspeita, mas o interior inglês era um dos lugares mais bonitos da Terra para ela.

Com tanto para absorver, a jornada de quarenta e cinco minutos pareceu acabar em um piscar de olhos quando eles pararam na grande estação vitoriana.

"Poppy sabe que está quase em casa", disse Jaque, segurando a cachorra empolgada com força enquanto descia a plataforma e atravessava a estação.

"Então... vamos para a casa da sua tia primeiro?", disse Simon, caminhando ao lado de Jaque.

"Sim, eu convidei você principalmente para ver o mar. Mas eu também te trouxe para evitar que minha tia me pegue de conversa pelo resto do dia. Aquela mulher pode falar pela Inglaterra inteira."

"Ah."

"Não é longe. Podemos caminhar até lá. Honestamente, você pode andar para qualquer lugar em Brighton. Se você não se importa de andar."

"Eu não me importo", disse Simon, examinando a estrada. Ele seguiu Jaque quando ela virou à esquerda, e eles caminharam por uma estrada estreita íngreme e viraram à esquerda de novo.

"É tão litorâneo, não é?", Jaque disse, apontando a fileira de casinhas de terraço pintadas em um arco-íris de tons pastéis, os jardins cheios de pedras da praia e plantas de beira-mar espetadas, de cor cinza-azulada, lado a lado com rosas e enormes malvas.

"Acho que sim", Simon disse, e pelo menos ele parecia fascinado pelo que via.

Jaque esperava que o artista nele achasse essa diversidade interessante. Ela parou na frente de uma casa amarela ensolarada, subiu as escadinhas até a porta azul-marinho e tocou o sino de navio de bronze, tudo tão clichê que era embaraçoso. Poppy já estava chorando com a antecipação, e em seguida, entrou começou a ganir animadamente com o som da tia fazendo barulho até a porta.

"Poppy!", disse Gloria, estendendo os braços para fora, e a cachorra saltou neles, dando uma série de gritos agudos, e lambendo o rosto da tia de Jaque. "E Jaque, é claro!", disse Gloria, agachando-se e massageando as orelhas macias aveludadas de Poppy. "Entra, vamos tomar um chá."

"Ah, eu adoraria, mas não posso", Jaque voltou para onde Simon estava escondido, e gentilmente o puxou para frente. "Este é o meu amigo Simon, que nunca esteve em Brighton. Eu prometi mostrar a ele todos os pontos turísticos."

"Olá!", disse Simon, esticando a mão.

"Simon, hm?", Gloria disse, olhando para ele dos pés à cabeça, e apertando sua mão suavemente. "Nunca conheci outro amigo homem de Jaque antes."

"Honestamente, que coisa antiga!", Jaque disse, revirando os olhos. "Simon é artista."

"Ah, então ele precisa ir ao Pavilhão."

"Está na nossa lista."

"Assim como ao píer, e vocês precisam comer peixe e batata frita na praia. Terrivelmente acima do preço, mas vale a pena."

"Exatamente, então deixo você matar a saudade de Poppy e vamos andando. Você ainda deve estar se recuperando da sua viagem, eu imagino."

"Estou mesmo. O Marrocos é fantástico, mas muito quente para visitar no verão. Ei te conto tudo da próxima vez. Não quero atrapalhar o seu dia segurando vela", disse Gloria, piscando exageradamente.

"É por isso que eu te amo tanto. Você sabe exatamente o que eu estou pensando, e é tão diplomática!"

Gloria riu, beijou Jaque e Simon e os assistiu se afastarem.

"Daqui são apenas dez minutos andando até a praia", disse Jaque. "Mas vou te guiar pelas Lanes. Não precisamos comprar nada, mas eu amo as lojinhas. É tudo muito peculiar, hippie e tem cheiro de incenso e erva."

"E isso não te incomoda?"

"Deixo meus instintos policiais de lado quando estou vagando pelas Lanes. Eu me concentro no monte de ótimas joalherias. As roupas coloridas e largas feitas de cânhamo podem ser confortáveis, mas não posso usar para trabalhar."

Simon assentiu e olhou em volta, virando na rua estreita que estava cheia de compradores demorados. Parecia sempre tão relaxada e lenta em comparação com Londres.

"O que você acha?", disse Jaque, indo na direção de uma bandeja de anéis de prata.

"Interessante."

Jaque se perguntou se Simon estava se divertindo. Sua expressão facial sempre dava a impressão de alguém absorvido em seus próprios pensamentos e raramente mudava. Então ela olhou para as mãos dele. Pelo menos elas não estavam tremendo. Na verdade, ele parecia calmo.

"E tem o mar", disse Jaque, acenando para baixo em uma avenida mais larga na qual eles tinham acabado de entrar. "Ainda não está espetacular, espere até nos aproximarmos. Vou te levar para o final do píer, você vai poder desfrutar da grandeza completa."

"Ok", disse Simon, com os olhos fixos na linha prateada de mar no horizonte distante.

Pelo menos ele parecia mais interessado agora. Jaque desejava que ele lhe dissesse o que pensava, mas ele provavelmente estava acostumado a ficar na dele, e como ela já o tinha convencido a dar o passeio do dia, ela decidiu não o empurrar ainda mais.

"O famoso píer de Brighton" disse Jaque, enquanto passavam sob o arco de luzes que pareciam de circo, e entravam no amplo calçadão de madeira.

Havia lojas no meio do cais e um parque de diversões no final. Jaque pegou a mão de Simon, ganhando um olhar surpreso, e caminhou com ele rapidamente através da multidão até o fim.

"E com vocês...", disse Jaque, lançando os braços para fora. "O mar! Ou melhor, o Oceano Atlântico."

"Que grande!"

Simon inclinou-se sobre as grades, olhando para o oceano cinza-azulado e agitado, e para céu azul com nuvens imponentes acima dele, com um bando de gaivotas gritando em cima. Então, ele tirou o celular do bolso dos jeans e tirou uma série de fotos.

"Isso vai te inspirar?"

"Definitivamente."

Simon virou as costas para o mar e tirou um monte de fotos do parque de diversões e do céu.

"Olá, linda!", um homem sarado, mas oleoso disse, sorrindo amplamente enquanto passeava.

Ele estava usando uma camiseta sem mangas projetada para mostrar seus músculos. Um jovem ruivo com acne severa o acompanhava, junto com um garoto loiro ainda mais jovem. Jaque virou as costas para eles, determinada a não deixar nada estragar seu dia. Mas ela não iria se livrar tão facilmente do homem musculoso.

"Ei, não seja rude!", ele disse, dando a volta para encará-la novamente.

"Afaste-se!", Simon disse com a mesma voz quieta de sempre, enquanto entrava na frente de Jaque.

"Ah, olhem isso!", Sr. Músculos disse. "Protegendo a namorada, fracote?"

"Não, estou te protegendo."

Além de ficar surpresa por ele ter intervindo, Jaque também estava interessada pelo fato de que Simon não estava nervoso, e projetou um ar bastante intimidante. O que ele disse também surpreendeu Sr. Músculos, que deu um passo involuntário para trás.

"Ele está certo", disse Jaque em sua melhor voz policial, controlando a situação. Ela era mais do que capaz de lidar com aqueles três. "Então, se você não quer problemas, sugiro que pare aqui."

Aparentemente, duas pessoas implacáveis e imperturbáveis intimidaram os três. Sr. Músculos cuspiu no calçadão, e indicou com a cabeça para seus companheiros o seguirem.

"Bem, isso foi inesperado", disse Jaque enquanto o trio desaparecia entre a multidão.

"O que foi?", perguntou Simon.

"Você intervir. Lamento dizer que ser assediada por homens é algo bastante comum."

"Isso porque você é atraente", disse Simon, e se virou de volta para o cais.

Jaque percebeu que ela estava olhando para ele, de boca aberta. Ela a fechou e correu atrás dele. Então ele achava que ela era atraente. Foi bom saber. Embora teria sido melhor se ele tivesse dito com algum entusiasmo.

"Ok, vamos almoçar e comer na praia. Peixe e batatas fritas é tradicional, mas não obrigatório", disse Jaque enquanto se apressava para alcançar Simon.

"Gosto bastante de peixe e batatas fritas, embora só tenha comido em bares."

"Eu acho que você vai gostar dessa versão", disse Jaque enquanto eles saíam do píer e desciam os degraus até a beira-mar, que era coberta de lojas até onde os olhos podiam ver.

Uma a cada duas lojas à beira-mar vendia peixe e batatas fritas, e sorvete, o resto era especializado em toalhas de praia, lembranças da costa e pinturas de diferentes graus de talento. Simon foi atraído pelas pinturas, enquanto Jaque se dirigia para sua lojinha de peixe e batatas fritas favorita.

Eles compraram um cone de jornal falso com batatas cada, e outro de peixe. Em seguida, percorreram o calçadão, esquivando-se de crianças brincando e contornando famílias que vigiavam suas áreas com toalhas coloridas, guarda-sóis, e sacos frescos de comida e bebida. Eles finalmente chegaram a um local razoavelmente isolado, onde eles poderiam observar as ondas que lavavam a costa, lambendo o calçadão para a frente e para trás.

"Isso é que é vida", Jaque disse com um suspiro satisfeito, enquanto se acomodava em um buraco ensolarado.

Ela pegou uma batata com o garfo de madeira e saboreou o sal crocante e o vinagre do lado de fora, e a maciez e cremosidade internas. Simon a observou por um tempo, depois se escondeu e se virou para olhar para o mar.

Depois de matar sua fome, Jaque disse: "Obrigada por me defender no cais."

"Não foi nada", disse Simon, e parecia que ele realmente estava falando sério.

"Sério? Isso me fez ver você de uma forma diferente. Perdoe-me por dizer isso, porque é preconceito meu. Mas até hoje, eu só via você como uma vítima. Depois desse encontro, percebi que você é mais durão do que eu pensava."

"Não é verdade", disse Simon, mantendo a cabeça baixa, parecendo que estava tentando decidir qual batata comer a seguir.

"Sim, é verdade", disse Jaque. "É preciso coragem para enfrentar as pessoas."

"Eles não eram perigosos", murmurou Simon, ficando vermelho. "Eu, pelo menos, sei a diferença entre os que podem e vão infligir danos e os que são só marra."

"Não importa. É preciso verdadeira força mental para superar uma infância de merda. Você pode não pensar assim, mas você fez isso muito bem."

Simon olhou para as outras pessoas na praia, verificou que elas estavam fora do alcance da voz, e então deu de ombros de novo.

"Você se importa se eu perguntar algumas coisas sobre sua vida? Eu não quero me intrometer. Pense nisso como conhecer um amigo. Mas se eu perguntar algo desconfortável, apenas responda "sem comentários". Tudo bem?"

Simon olhou para ela indeciso, mas assentiu e disse: "Ok, pergunte."

"Qual é a sua cor favorita?"

"Azul", disse Simon sem hesitar, "Todos os tons. De quase branco a azul-escuro, quase preto."

"Viu, isso não foi tão difícil, foi?"

"Não, mas você é uma interrogadora treinada. Você provavelmente sempre começa com algo fácil", disse Simon, enquanto quebrava um pedaço de peixe e mastigava pensativamente.

"Bom?"

"Muito."

"Só para constar, isto não é um interrogatório, embora todos os homens da minha vida tenham me acusado de interrogá-los. Não é verdade. Só queria conhecê-los melhor."

Simon olhou para ela, comprimindo os olhos porque o sol estava atrás dela.

"Sou um homem na sua vida?"

"Sem dúvidas", Jaque disse, satisfeita por ele ter perguntado. "Próxima pergunta. Você já teve um animal de estimação?"

"Não."

"Mas você gosta de animais."

"Até onde eu os conheço, acho que sim."

"Ter um animal de estimação seria bom para você, provavelmente. Um gato, não um cachorro. Cachorro gostam de companhia, odeiam ficar sozinhos. Isso os estressa muito. Mas um gato te faria companhia."

"Estou perfeitamente bem sozinho."

"Até introvertidos ganham confiança quando têm companhia."

Simon pareceu indeciso, mas comeu uma batata em vez de discordar.

"Suponho que você seja extrovertida. Você tem animal de estimação?"

"Provavelmente sou extrovertida. Mas não tenho animal de estimação. Sempre tivemos animais de estimação, gatos e cães, e meus pais ainda têm, mas eu não fico em casa o suficiente, mesmo para ter um gato."

Jaque gostou do fato de que aquilo estava se transformando em uma conversa decente de duas vias. Não era do jeito que ela esperava que as coisas fossem acontecer, considerando o quão silencioso Simon tinha ficado até agora. Mas ele provavelmente estava absorvendo tudo.

"Você tem algum amigo?"

Simon olhou para ela brevemente e, em seguida, virou-se para estudar as ondas incessantes, e uma ruga de pensamento se formou em sua testa.

"Provavelmente não."

"Quer falar mais sobre isso?"

Sem tirar os olhos das ondas, ele disse: "Minha vida era uma bagunça quando cheguei à instituição. Não me lembro muito do meu primeiro ano. No segundo ano, comecei a me acalmar, mas eu tinha tanto para descobrir e superar que eu não me envolvi com os outros caras. Para ser justo, eu realmente não sabia como fazer amigos e de qualquer forma, eles não eram o tipo de caras que você gostaria de ter como amigos. Muitos deles nunca seriam libertos. Outros teriam seus nomes mudados após a liberação por proteção, como eu, ou seja, impossível encontrá-los. Não que a Dra. Nobel quisesse que fizesse isso."

"Sua psiquiatra", disse Jaque.

"Ela é mencionada nos meus registos?"

"Sim. Ela disse que você se adaptou bem ao mundo após ser introduzido nele."

"Estou feliz que ela pense assim. Quero dizer, eu não acho que ela esteja totalmente errada. Eu estou bem."

"E depois? Você foi para a faculdade de artes."

"Sim", disse Simon, e deu um leve sorriso introspectivo que tranquilizou Jaque, porque ele estava parecendo bastante sombrio até agora. "Fiquei aterrorizado no meu primeiro ano. Sair de casa durante o dia já era um desafio, e andar com aquela galera artística era meio assustador. Fiquei sozinho no primeiro ano, mas os artistas são um grupo estranho, extrovertidos e introvertidos, fáceis, inseguros, ou egos enormes. Era provavelmente um bom lugar para começar, porque eles não me consideravam mais estranho do que qualquer outra pessoa. E com a ajuda da Dra. Nobel, descobri como me envolver em projetos de grupo, e ir a festas, e conseguir ter conversas."

"Mas você não fez amigos?"

"Eu meio que fiz. Quando eles dão uma festa, ou uma fazem uma mostra de arte, eu vou."

"Sempre em grupo."

Simon assentiu, colocou seu peixe meio comido no chão ao seu lado, e pegou uma pedra lisa, levantando-a em uma mão imediatamente.

"Você sabe o porquê. Algumas das garotas me convidaram para sair... Eu acho que eram encontros, mas eu nunca fui."

"E então você começou a trabalhar."

"Na London Marketing. É a primeira empresa em que trabalhei, e me sinto confortável com eles."

"Mas você nunca saiu com apenas um deles."

Simon balançou a cabeça.

"Eu não me atrevi. Você pode pensar que é tolice, mas isso é porque você não tem o meu passado. Qualquer coisa que eu faça será visto através das lentes da minha ficha criminal. Você pode dizer que eu também fui uma vítima, mas com que rapidez isso se transformaria em considerar que minha infância me transformou em um estuprador e assassino?"

"Não é justo, eu sei", disse Jaque, colocando seu último pedaço de peixe na boca, "Mas temo que você esteja certo. Depois de ver que você tinha passagem, foi mais justificável te levar para interrogatório quando a Liz desapareceu. Lamento por isso."

Simon deu de ombros.

"Isso me assustou, mas também confirmou o que eu achava."

"É por isso que estou particularmente satisfeita por você ter saído comigo hoje", disse Jaque, inclinando-se para o pedaço de peixe meio comido por Simon e dando-lhe um olhar questionador. Ele acenou indicando que ela poderia comer. "Estou feliz por você confiar em mim o suficiente para me dar essa chance. Obrigada."

Simon corou e virou a cabeça para Jaque não ver seu rosto.

"Apenas certifique-se de chegar em casa em segurança, isso é tudo que eu peço."

18

"FUI PARA BRIGHTON COM a Jaque", disse Simon no momento em que se sentou no escritório da Dra. Nobel.

"Só vocês dois?", perguntou Helen, e ela parecia surpresa, mas também satisfeita.

"Sim. Ela me mandou uma mensagem quando chegou em casa, então eu sei que ela está bem", disse Simon, admitindo, embora obliquamente, o quão nervoso ele estava até receber a mensagem.

"Como foi o passeio?"

"Bom", disse Simon enquanto lembrava pedaços do dia. "Eu vi o mar. É... grande e constantemente em movimento."

Simon olhou para cima para ver que Dra. Nobel estava sorrindo para ele.

"Estou feliz por você ter tido essa experiência. *Experiências*. Suponho que eu posso dizer que foi o seu primeiro encontro com certeza. Estou certa?"

"Todas as refeições na minha casa não contam?"

"Provavelmente não como um encontro oficial. Embora vocês estivessem se conhecendo nestes momentos também. Então agora a grande questão: o que você quer fazer a seguir?"

A perna de Simon começou a pular, então ele colocou a mão firmemente sobre ela para mantê-la imóvel.

"Você mencionou TCC na última vez que nos encontramos, mas não tenho certeza... eu não acho que será suficiente."

"Por que você acha isso, Simon?"

"Hm...", agora suas mãos estavam tremendo também e sua perna tinha voltado a saltar. "Isso aconteceu há um tempo. Uma das vezes em que Jaque foi à minha casa."

Simon parou de novo. Isso foi tão difícil de trazer à tona, que ele quase se sentiu em um ataque de pânico.

"Respira fundo, Simon", disse a Dra. Noble, com a voz calma e sem julgamentos como sempre. "Respire fundo, e fale quando estiver pronto."

Ele não se sentia pronto, nem um pouco. Ele realmente queria pular da cadeira e fugir. Mas isso era algo que ele tinha que trabalhar, porque o incomodava mais a cada dia.

"Então... Jaque me perguntou se eu queria ter filhos. Quero dizer, num futuro distante, hipoteticamente."

"Eu entendo."

"Mas no momento em que ela disse isso, eu... pensei sobre como os bebês são feitos... você sabe, sexo...", a última palavra saiu como um sussurro, e agora Simon olhava o tapete fixamente porque ele estava muito envergonhado para olhar nos olhos da Dra. Nobel. "E me veio essa... essa imagem vívida na cabeça. Nós dois, nus, mas... minhas mãos enroladas em torno da garganta dela, sufo... sufocando-a." Simon expirou, aliviado e envergonhado por ter revelado esse segredo.

"Entendo", disse Helen, ainda nessa mesma voz meio desinteressada. "É compreensível."

"É isso? Fiquei tão chocado que congelei."

"É algo que eu deveria ter considerado antes. Desculpe-me por não ter feito isso. Esta vai ser uma pergunta difícil para você responder, mas... você já viu alguém além de seu pai fazendo sexo?"

"O quê?"

"Você assiste pornografia?"

"Não" Simon disse, olhando para a Dra. Nobel, tentando entender o que ela estava pensando para fazer essa pergunta. "Gregory Black assistia pornô o tempo todo. Era nojento."

"Se bem me lembro, a pornografia que ele assistia era sádica", disse Helen. "E certamente ilegal também. Não me surpreende que você sinta nojo."

Simon assentiu e tentou controlar um pouco seu tremor.

"Mas você sabe, Gregory Black não era normal, Simon."

"Eu sei."

"Você provavelmente também não está ciente de que as pessoas se habituam ao que veem. Se você só vê sexo do jeito que você viu, você pensa que é a única maneira de o sexo acontecer, e ver algo semelhante pode te excitar no futuro."

Simon estremeceu com a ideia.

"Eu não quero isso."

"Ok, então eu acho que o que precisamos fazer antes da TCC é um pouco de educação sexual."

"Eu sei o que é isso", disse Simon, envergonhado por, na idade dele, eles estarem falando sobre algo assim.

"Mas eu gostaria que você considerasse a ideia", disse Helen, vasculhando sua gaveta até achar um pen drive preto. "Um colega meu, terapeuta sexual, produziu isso. É uma explicação, com vídeos, mostrando como sexo saudável e consensual deve ser. Temo que muitas pessoas tenham suas ideias sobre sexo a partir da pornografia, que não é necessariamente o melhor modelo. Você acha que ficaria bem em assistir isso?"

A ideia repeliu Simon. Claro, ele estava ciente de que a maioria das pessoas não fazia o que seu pai tinha feito, especialmente a parte de matar, mas ele nunca tinha se debruçado muito sobre o assunto. Seus pensamentos nunca tinham sido vencidos pela luxúria. Algo que ele temia mais do que ser levado pela polícia, porque ele não tinha certeza de que tipo de monstro ele se tornaria. Mas se ele quisesse superar isso e aprender como não deixar sua imaginação levá-lo para lugares tão obscuros, ele teria que fazer algo.

"Eu vou tentar."

"Que ótimo!", disse Helen, dando a volta na mesa e entregando o pen drive a ele. "Leve o tempo que for, não se esforce, e se for muito difícil assistir por conta própria, podemos resolver esse problema de outra maneira, ok?"

Simon assentiu e tentou pateticamente sorrir.

"Este é um grande passo", disse Helen. "Não o subestime. Não se subestime. Você percorreu um longo caminho em um curto período. Estou tão orgulhosa de você!"

Simon sentiu as bochechas corarem. Ele não deveria ficar tão feliz em ser elogiado assim, mas o elogio o fez sentir-se como uma criança sendo elogiada pela mãe. Era totalmente diferente de quando seus colegas elogiavam seu trabalho, o que ele aceitava com um sorriso suave e aceno de cabeça. Grato, mas não sobrecarregado.

19

Simon colocou um pouco de tinta na tela que estava pintando e olhou para fora da janela. Ele sempre puxava as cortinas enquanto pintava, para maximizar a luz. Era um dia agradável, a cor do céu era um azul profundo cheio de nuvens macias e imponentes. Ele já havia parado algumas vezes para tirar fotos para futuras pinturas.

Ele não tinha se acostumado a pintar em seu quarto, e se perguntava, mais uma vez, por que motivo ele comprou o sofá-cama. Era como se ele quisesse que Jaque ficasse. Ou, pelo menos, ele queria que ela ficasse confortável quando ela ficasse na casa dele. O que era estranho. Ele deveria estar tornando a situação menos confortável para garantir que ela ficasse longe.

Isso fez sua mão tremer com o medo de nunca mais vê-la, misturado ao medo de vê-la. Ou pior, ter que decidir, de uma forma ou de outra, se ele queria vê-la. Era algo que ele ainda não tinha sido capaz de decidir, e a ausência de Jaque não ajudava. Duas semanas haviam se passado desde que eles se viram pela última vez, e eles não tinham nem conversado desde então, nem mesmo por mensagem.

Até aquele momento, nem a terapia o tinha ajudado a decidir o que fazer. Mas ele começou a fazer TCC para se sentir mais confortável ao tocar mulheres. O vídeo de sexo consensual o surpreendeu porque parecia tão normal e comum, mas ainda era muito difícil de assistir, e ele teve que parar na metade e conversar muito com a Dra. Nobel. Então ela regrediu o tratamento, e seu dever de casa era assistir meia hora diária de pessoas se beijando, de um vídeo que a Dra. Nobel deu a ele.

Ele se contorcia assistindo. Suas emoções variavam entre pânico, náusea e desejo. O que era pior era que as imagens de beijos continuavam aparecendo em sua cabeça ao longo do dia, tornando difícil se concentrar no trabalho. Ele provavelmente deveria contar isso à Dra. Nobel. Talvez eles ainda estivessem se movendo muito rapidamente.

A campainha tocou, tirando Simon de sua introspecção. Tinha que ser Jaque. Esse pensamento fez seu coração acelerar e fez suas palmas suarem.

Ele limpou o pincel e tampou as tintas, mas ele era muito lento, e ela tocou a campainha de novo. Ela era certamente uma mulher impaciente. Ele planejava dizer isso quando abrisse a porta. Só que quando abriu, encontrou uma Jaque realmente pálida e meio sombria.

"Você está bem?"

Jaque caminhou na direção dele, apoiou a testa em seu peito, e murmurou: "Caso terrível. Crianças esfaqueando outra criança."

"Merda... sinto muito!"

"Acabou agora. Nós os pegamos. E o mandante do crime. Você estava certo quando disse que havia mais no caso de Brad Davis do que descobrimos. Ainda estamos acompanhando o caso desde então. Lembra que você não quis saber do último caso que eu comentei?"

"Sim", Simon disse, se sentindo culpado agora por ter recusado tão veementemente.

"Bem, essa pessoa estava por trás disso também. E deste último. Eu não posso entrar em detalhes, mas sem o seu palpite, poderíamos nunca ter ligado os três casos. Então... achei que você deveria saber que ajudou muito."

"Ah... isso é bom", disse Simon, pensando no que fazer porque a cabeça de Jaque ainda estava colada ao seu peito.

"Estou me sentindo péssima", Jaque murmurou.

"Entre, você pode dormir um pouco."

Simon notou que Jaque sequer se preocupou em aparecer com comida. Nem a equipe saiu para uma celebração depois de terminar o caso. Ambos os fatos significavam muita coisa.

"Não consigo dormir. Não durmo há dias, ainda não consigo."

"Eu entendo."

Simon sabia tudo sobre choque induzido por trauma, mas também sabia de algo que poderia ajudar. Ele se afastou de Jaque e a deixou balançando no lugar, com o olhar fixo no chão.

Ele vasculhou o armário do corredor, tirou um cobertor, pegou algumas almofadas e disse: "Vamos, vamos, vamos."

"Para onde?"

"Você vai ver."

Simon pegou a mão de Jaque com firmeza, mesmo que aquilo o fizesse ficar assustado, e puxou-a para fora do apartamento.

"Sério agora."

"Não se preocupe, não vamos para longe., Simon disse e guiou Jaque até o andar de cima.

"A cobertura?", Jaque perguntou.

"Sim, vamos, não é longe."

Simon caminhou para o centro do prédio, onde havia um bloco de concreto que tinha um telhado de metal suavemente inclinado no topo.

Ele colocou o cobertor no chão, colocou as almofadas sobre ele e disse: "Sente-se."

"No cobertor?"

"Onde mais?", Simon pegou um velho guarda-chuva vermelho desbotado que estava apoiado contra a parede da escada e abriu-o para proteger os dois do sol, mas sem obscurecer sua visão do céu. "Não se preocupe, você está segura comigo", disse Simon enquanto se sentava ao lado dela.

Ele queria tranquilizar Jaque, mas ele não tinha certeza se o que ele disse foi remotamente útil. De qualquer forma, Jaque parecia muito cansada para se importar e se acomodou no cobertor, olhando em volta, mas sem absorver muito.

"Agora, deite-se", disse Simon, deitando-se e colocando as mãos debaixo da cabeça. "E olhe para cima."

Jaque fez como ordenado e deitou-se, piscando para o céu azul com nuvens salpicadas que margeavam o guarda-chuva.

"Bonito", ela murmurou.

"Terapia celeste", Simon disse, e uma emoção que ele não entendeu brotou dentro dele.

Ele estava provavelmente feliz em ajudar, ele pensou.

"Você e seus céus", Jaque disse, mas pelo menos sorriu.

Então Simon soube que estava fazendo a coisa certa.

"Agora esvazie sua cabeça. Não pense em nada a não ser nas nuvens flutuantes."

Jaque assentiu, encarou o céu, respirou fundo e soltou lentamente. Ela sentiu sua tensão lentamente se dissipar com a expiração. Simon fez o mesmo, observando como ventos altos e invisíveis empurravam as nuvens a uma velocidade surpreendente, fazendo com que elas se desenrolassem, girassem, e se adquirissem novas formas.

Ele sentiu os dedos de Jaque esfregando contra sua mão e enrolando seu dedo mínimo e o anelar. Aquilo lhe deu um choque e uma sensação instantânea de prazer e medo combinados. Ele inclinou a cabeça para olhar para Jaque. Seus olhos estavam fechados e sua respiração estava profunda e regular. Ela estava caindo no sono.

Simon considerou afastar a mão. Mas ele não queria acordar Jaque e... uma parte dele, mesmo com os nervos agitados, não queria soltá-la.

Então ele decidiu tratar aquilo como uma forma de TCC e se acostumar. Quando ficou muito difícil, ele passou a ignorar o toque, e deixou sua mente vagar até quando ele conheceu Jaque. Foi realmente surpreendente como ela entrou na vida dele. Ele não tinha intenção de deixar ninguém entrar, e ainda assim, aqui estava ele, do lado de fora, sem nem uma câmera por perto, com uma mulher que também passava a noite ocasionalmente na sua casa.

O fato de que ela fazia isso, por vezes, encheu-o de terror. Ele pensou muitas vezes que deveria pedir-lhe para parar de vir. Mas nunca tinha tido coragem.

Talvez hoje seja um bom momento, ele pensou. Quando Jaque acordar. Ou talvez não. Talvez ele apenas ficasse com a terapia e visse o quão longe ele poderia se esforçar para chegar.

A sensação de estar em uma cama bastante dura acordou
Jaque, e ela piscou para um céu que agora estava
laranja-brilhante, listrado, com nuvens rosa.

"Que horas são?"

"Um pouco mais de oito e meia", disse Simon, sentado.

Ele parecia ansioso, como muitas vezes ficava perto dela,
mas com o rosto iluminado pelo brilho do pôr do sol, ele
também estava ridiculamente bonito. Não foi a primeira
vez que Jaque sentiu um afeto caloroso e reconfortante por
aquele homem. Ela desejou ver o mesmo afeto refletido
no rosto dele. Ela supunha que teria que ficar feliz com os
pequenos passos que ele tinha dado, por enquanto. Pelo
menos não era totalmente unilateral.

"Eu realmente precisava disso, obrigada", disse Jaque,
e esticou os braços sobre a cabeça, esticando o pescoço.
"Você ficou comigo o dia todo?"

"Sim."

"Você pelo menos dormiu um pouco?"

Simon balançou a cabeça e Jaque se perguntou se ele
tinha ficado acordado deliberadamente. Considerando
sua ansiedade, ele provavelmente não teria se atrevido a
dormir.

"Que tal irmos comer? Por favor, diga-me que pelo
menos você almoçou."

Jaque já deveria estar furiosamente faminta. Na verdade,
ela estava, mas Simon mal comia, e menos ainda quando
estava estressado. Ela esperava não o ter chateado a ponto
de ele perder o apetite.

"Não comi", disse Simon com um leve sorriso envergonhado. "Você sabe que eu não sou muito de comer."

"Santo Deus, tanto faz, um lanchinho ou algo do tipo já seria bom."

"E deixar uma mulher dormindo aqui, sozinha... Não."

Jaque deu a ele seu olhar de detetive especulativo que deixava a maioria das pessoas, incluindo Simon, descontentes.

"Mas essa não é uma área pública, certo? E eu estou surpresa por você me trazer aqui, para longe de todas as câmeras."

"Foi arriscado."

Jaque tinha que reconhecer a honestidade e disposição em dizer o que a maioria das pessoas esconderia de Simon.

"O que você vai fazer sobre isso?"

"Certifique-se de sair daqui inteira. Há câmeras no estacionamento que registram todos que entram e saem do prédio. Contanto que você esteja gravada lá, tudo vai ficar bem."

Para Jaque, o raciocínio era quase engraçado, embora como detetive ela soubesse que ele estava certo- seria uma evidência. Ela queria que ele não se preocupasse tanto.

"Prometo deixar meu rosto totalmente visível quando eu sair e te mandar uma mensagem de novo quando eu chegar em casa, OK?"

Simon assentiu com a cabeça. Era difícil saber por causa do pôr do sol, mas também parecia que ele tinha corado. Então ele ficou envergonhado e ela não teve a intenção nenhuma de que ele se sentisse assim. Ela estava triste porque sua viagem a Brighton não o tinha ajudado a relaxar neste tipo de situação, mas pensou que era um progresso ele tê-la levado para uma área livre de câmeras.

"Você quer pedir comida? Eu estou morrendo de fome, e você deve estar, também. E mesmo que você não esteja, você deveria comer."

"Tudo bem", disse Simon, e se levantou.

"Espera", disse Jaque, segurando sua mão. "Você acha que eles entregariam aqui no telhado?"

"Você quer ficar aqui em cima?", Simon disse, olhando para as duas mãos juntas, mas sem fazer nada para mudar a situação.

"Ah, desculpa", disse Jaque, soltando a mão de Simon. "O tempo está glorioso, assim como a vista. Vamos fazer um piquenique."

Simon só hesitou por um segundo antes de pegar o telefone.

"O que você quer comer?"

"Pizza", disse Jaque sem hesitar. "O bônus é que não precisamos de talheres."

"Faz sentido", disse Simon, e pediu o sabor que Jaque queria de pizza, certificando-se de que eles trariam para o telhado. Parecia ser um lugar de onde ele já tinha encomendado antes.

Jaque se afastou, pensou em se oferecer para pagar, então decidiu, como Simon não disse nada, apenas deixar assim. Era bom ele pagar o jantar dos dois.

"Vai demorar meia hora", disse ele, e girou de volta para olhar para ela.

"Vou sobreviver", disse Jaque. "Sarah me disse que você escolheu contratar um substituto."

"Existe alguma coisa sobre a qual vocês duas não conversam?"

"Muito pouca coisa."

"Mas por que falar de mim?", Simon parecia confuso, e ligeiramente irritado.

"Hmm, deixa eu ver...", Jaque deu a Simon um sorriso travesso. "Talvez seja porque eu gosto de você", a confissão surpreendeu tanto Simon que ele se virou para olhar para ela. "Você não notou?", Jaque disse, sentindo o mesmo nível de vergonha de quando ela confessou sua paixão para um garoto no ensino médio.

"Eu...", disse Simon, e ficou sem palavras, ainda encarando o nada.

"Você é um cara bom, observador e atencioso. Você é bonito e profissional. Como não gostar?"

"Mas e o resto?"

"Seu passado? Admito que foi difícil no começo. Mas te conheci melhor durante o tempo que passamos juntos. Tenho mais certeza do que antes que o que aconteceu no seu passado não teve nada a ver com você. Dada a sua personalidade, deve ter sido muito difícil... Eu também entendo por que você não quer um relacionamento com ninguém. Mas eu espero que você não me tire de sua vida por causa do que eu acabei de dizer."

"Ah, sim...", Simon assentiu vagamente, obviamente tendo dificuldade em processar a situação. "Isso é... porque você acha que está ficando para trás? No quesito namorado..."

Jaque riu, e desejou não ter sido tão honesta com Simon antes.

"Não posso negar que tenho procurado um namorado e saí com muitos caras. Mas no começo, eu não estava pensando em você como um namorado em potencial. Longe disso, na verdade", disse Jaque, esperando que ela não estivesse dizendo a coisa errada. "Mas ultimamente, percebi que tinha parado de ter encontros. E quando um dos caras com quem eu saí entrou em contato comigo para um segundo encontro, não hesitei em recusá-lo, o que me surpreendeu. Isso me fez perceber que eu perdi o interesse em todos os outros, porque eu quero passar meu tempo com você."

"Então... você começou a vir dormir aqui?" Simon disse, vagamente acenando com a mão enquanto ele lutava com a ideia.

"Eu disse a mim mesma que era conveniente, ou que eu precisava de sua ajuda. Mas para ser honesta, eu acho que foi porque sempre senti atração por você."

"Ah", Simon disse, e parecia bastante atordoado, mas tudo o que ele ia dizer foi cortado por uma batida na porta que levava às escadas, "a pizza", disse Simon, e praticamente correu para pegar.

Mesmo faminta, Jaque amaldiçoou o entregador por aparecer em um momento tão inoportuno. Ela também não estava no melhor estado de espírito, e pode ter sido por isso que ela baixou a guarda e disse o que disse. Talvez tudo aquilo tenha sido um erro. Então ela sorriu, agradecendo enquanto Simon entregava a ela a caixa com a sua pizza. Ele se sentou na frende dela sobre o grande bloco de concreto e abriu sua própria caixa.

Ele tinha pedido uma pizza simples, o básico, mais azeitonas, e tomate fatiado. A fome de Jaque a fez optar por todos os sabores possíveis: presunto, cogumelos, cebola, pimentão, pepperoni, e alcachofra - um dos seus favoritos.

Jaque se perguntou se Simon responderia alguma coisa naquele momento. Afinal, ela havia expressado seu sentimento por ele. Ele retribuiria? Não era do feitio dele.

Ele estava olhando para sua pizza como se fosse a última coisa no mundo que ele queria, e sua testa estava enrugada em pensamentos profundos e aparentemente infelizes.

"Então...", Simon começou e pegou uma fatia de pizza, mas parou antes de levantá-la. Ele torceu a borda da pizza para frente e para trás. Então ele limpou a garganta. "Então..."

O que ele tinha a dizer parecia difícil, porque ele ainda estava torcendo a borda da pizza, parecendo nervoso. "Voltei à terapia por sua causa", disse ele com pressa.

"Merda... Sinto muito!", disse Jaque, chocada por ter causado tanto estresse.

"Não, isso saiu errado!", disse Simon, finalmente olhando para ela, mas apenas por um segundo antes de voltar para a borda. "Eu... você... Você me fez querer mudar."

Aquilo foi surpreendente, e mesmo depois de perder o apetite, Jaque mordeu a borda de sua pizza para dar mais tempo a Simon, caso ele precisasse dizer mais alguma coisa. Ela temia que se dissesse alguma coisa, ele pudesse se calar.

"Você sabe que eu nunca tive uma namorada", disse Simon em tom factual. "E por causa de... Do que vi quando era criança, sempre tive medo de me aproximar de uma mulher no caso de eu... no caso de fazer o mesmo. Eu não queria fazer o que Gregory Black fez", ele acrescentou rapidamente. "Eu estava apenas com medo do que eu poderia fazer, e eu estava com medo de ser lascivo e apenas... é difícil de explicar."

"Tudo bem", Jaque desejou poder retirar o que disse, porque agora parecia que Simon tinha que falar sobre seus sentimentos antes de estar pronto. "Não precisa dizer nada que te deixe desconfortável."

"Mas você me fez querer mudar", disse Simon, obstinado. "Tive medo de você, mas também me senti atraído por você, e com medo de mim mesmo, e dos riscos e minhas fobias. Mas por sua causa, voltei para a terapia para tentar superá-los."

"Você está dizendo que gosta de mim?"

"Acho que sim, mas não tenho certeza. É tudo muito confuso para mim."

"Estou feliz por você me contar", disse Jaque, invadida pela emoção e pela felicidade, somadas à pena de ter desabafado com Simon. "Não se sinta pressionado. Apesar do que você possa pensar por causa da minha busca incessante por um namorado, eu não vou apressar você."

Jaque não queria pressionar Simon mais. Ela não esperava ouvir o que ele pensava dela e o que ele estava fazendo. Por enquanto, saber como ele se sentia era bom o suficiente. Era hora de mudar de assunto, caso contrário, aquele magricela acabaria dormindo sem comer nada.

Jaque foi acordada às nove pelo seu alarme. Ela apertou o botão de soneca por mais alguns minutos para se recompor. Por causa das longas horas que eles tinham trabalhado, Jaque não precisava se apressar para voltar. Mas ela queria finalizar toda a papelada, então decidiu voltar para a delegacia.

Ela tinha passado a noite na casa do Simon, dormindo no sofá da sala. Depois da conversa na noite anterior, ela estava mais convencida do que nunca de que ele havia comprado o sofá para ela, apesar de sua negação inicial.

Agora ela estava deitada de costas, com as mãos dobradas sob a cabeça, olhando para o teto branco, contemplativa. Ela estava tão exausta e emocionalmente esgotada que toda a conversa parecia um sonho.

Foi incrível o que Simon tinha realmente feito para poder estar perto dela. Ou talvez apenas para aprender a lidar com a presença dela, disse o demônio da dúvida. Mas não, ela viu como ele lidou com o homem que mexeu com ela no cais. Talvez esse tenha sido o lado protetor que os caras às vezes mostram para as namoradas. Isso explicava o motivo dele intervir? De qualquer maneira, ele estava fazendo terapia, sem contar a ninguém, e discretamente, só para poder estar com ela. Ou outras mulheres, possivelmente, mas ela suspeitava que não. Isso significava que seus sentimentos eram mais fortes do que ele admitiu? Ou talvez do que ele sabia.

"Uau!", ela murmurou, e só então seu alarme parou de tocar.

Definitivamente, era hora de se levantar. Ela teve tempo suficiente para tomar um banho, comer e ir para a delegacia. A porta do quarto de Simon estava fechada, como sempre. Ele provavelmente tinha saído para trabalhar horas atrás.

Jaque pulou do sofá, esticou-se na direção do teto enquanto bocejava amplamente e tentou sacudir o sono que sentia. Ela tinha se comprometido a fazer sessões de terapia após aquele caso. Mas pensaria sobre isso mais tarde. Naquele momento, ela correu para a máquina de lavar, enfiou suas roupas e foi para o chuveiro.

Foi só quando ela saiu novamente que notou a grande caixa de papelão no meio da mesa da sala de jantar. Ela tinha uma placa de identificação em uma extremidade, com *Caixa da Jaque* escrito em letras elegantes. O Post-it amarelo preso abaixo dizia:

Coloque suas coisas na caixa e a caixa no armário da entrada. Há uma chave da casa para você na tampa. Assim, não preciso ouvir sua campainha impaciente tocar.

Simon

P.S. Tem leite na geladeira para o seu chá e cereal no armário.

A chave colada no interior da tampa da caixa tinha uma etiqueta de plástico vermelha escrito *Chave da Jaque*.

"Minha mãe do céu!", murmurou Jaque, "Isso é um grande passo."

20

—·—

A CONVERSA DA REUNIÃO entrou por um ouvido de Simon e saiu pelo outro, porque ele estava muito preocupado para prestar atenção. Louise havia deixado seu santuário na suíte executiva excepcionalmente para presidir a reunião, o que deveria tê-lo feito se perguntar por quê. Mas ele tinha problemas maiores, e rabiscava seu caderno enquanto pensava.

"E finalmente", disse Louise, e seu rosto assumiu um sorriso estranhamente raro, "Eu tenho um anúncio feliz a fazer. Nossa querida Sarah vai ter um bebê."

A cabeça de Simon virou-se, e ele olhou com espanto para Louise. Ela estava radiante como se tivesse alcançado alguma grande realização. Ela era assim, sempre reivindicando o trabalho dos outros. Ela era uma mulher baixa, rechonchuda, e de cabelos lisos e castanhos, que tinham um corte sem graça e pouco lisonjeiro. Simon sempre se perguntou como ela chegou ao cargo de diretora. Ele suspeitava que não era nem trabalho duro, nem talento.

Agora todos na mesa estavam parabenizando Sarah, que estava corada e sorrindo enquanto agradecia. Então seus olhos encontraram os de Simon, e ela fez uma leve careta. Isso o avisou que havia mais por vir.

"Então, agora que todos vocês parabenizaram Sarah, tenho certeza de que vocês estão se perguntando quem vai assumir enquanto Sarah estiver de licença-maternidade."

Pelas reações dos outros, era óbvio que a maioria ainda não tinha começado a se perguntar, mas todos se viraram para olhar para Simon, que balançou a cabeça.

"Sarah e eu levamos muito tempo pensando sobre a melhor maneira de cobri-la e nós decidimos", disse Louise, a única pessoa que não tinha olhado para Simon, "que não vamos contratar nenhum substituto temporário."

Isso surpreendeu tanto Simon que ele se recostou na cadeira olhando para Sarah, cuja careta ficou mais apologética.

"Como todos sabem, os negócios estão lentos ultimamente. Não apenas para nós, mas para todos na cidade. Então decidimos que seria melhor deixar o cargo vago e dividir os projetos da Sarah entre a equipe. Eu sei que isso significa mais trabalho para todos, mas tenho certeza de que vamos conseguir. Sarah vai discutir os detalhes com vocês mais tarde. Vai demorar um pouco até que ela saia de licença de qualquer maneira", Louise disse, empilhando seus papéis. Então tocou a mesa com a pilha para endireitá-la, e navegou para fora da sala.

"Simon, uma palavrinha, por favor?", Sarah disse, enquanto todos se levantavam para sair.

"Claro."

Simon também queria respostas, por isso voltou a sentar-se.

"Desculpa pela forma como as coisas aconteceram", disse Sarah, enquanto fechava a porta para a última pessoa a sair. "Também acho que Louise não tem nada a ver com isso, acho que esta ordem veio de alguém lá de cima."

"Então... Louise vai ser nossa gerente direta?"

"Esse é o plano. Pelo menos você não terá que gerenciar a equipe. Ela começou com essa ideia, mas eu disse que você não aceitaria..."

Simon assentiu com a cabeça. Isso poderia tê-lo levado a se demitir se não fosse por Jaque. O que o trouxe de volta às questões que o preocupavam há dias.

"Tudo bem, não poderíamos ter evitado", disse Simon, afastando algo que no passado o teria perturbado muito. "Posso fazer uma pergunta pessoal?"

"Se é sobre se eu vou voltar, ou mesmo se eu vou ter um trabalho para onde voltar, eu realmente não sei."

"Não é isso. É uma pergunta sobre a Jaque."

"Ah!", Sarah disse e examinou Simon mais perto do que era confortável para ele. "Ela me disse que vocês dois estavam se dando melhor."

"Ah, disse?"

"Ela parecia muito feliz, mas você... Você tem estado um pouco nervoso ultimamente."

Simon mal podia negar. Mas ele tinha uma missão, então continuou.

"Qual... qual é a comida favorita da Jaque?"

"Essa é a sua pergunta pessoal?"

Simon assentiu, olhando esperançosamente para Sarah.

"Tenho tentado encontrar um lugar para levá-la em um encontro, mas não sou muito bom nesse tipo de coisa. Por favor, não conte a ninguém sobre isso, para ninguém aqui, e principalmente, não conte para Jaque."

"Não se preocupe, minha boca é um túmulo. Agora, as preferências dela... Jaque gosta de novidades. Ela vai ficar feliz em qualquer restaurante novo com boas avaliações. Se você conseguir achar um lugar como uma atmosfera boa ou uma vista esplêndida, melhor ainda."

Sarah acenou com a cabeça e levantou-se para sair. Quando sua mão estava na porta, Simon disse: "Qual jornal?"

"O quê?"

"Em que jornal ela lê avaliações?"

"Ah, bem... Metro às vezes, mas acho que seu crítico gastronômico favorito escreve para o Guardian."

"Obrigado."

Simon pegou seu telefone usou a Siri para encontrar o Guardian. Ele ficou surpreso que alguém da polícia lia o Guardian. Mas bem, ele não deveria fazer suposições, e não havia nada político sobre as críticas gastronômicas, ele presumiu. Ele não conseguia se lembrar se já tinha lido alguma coisa do gênero.

Após ler rapidamente a seção gastronômica, ele encontrou dois restaurantes que pareciam ser novos. Agora só faltava convidar Jaque.

Ele olhou em volta da sala de reuniões agora vazia, e através das paredes de vidro, para o escritório de plano aberto. Todos estavam absorvidos em seu próprio trabalho. Então ele pegou o celular e parou para considerar o que ia dizer na mensagem.

Quando estava muito nervoso, ele tendia a tremer, o que dificultava na digitação e ele precisava corrigir mais do que o habitual. Ele não conseguia parar de pensar como era patético para um homem adulto estar tão ansioso para um encontro.

Ele esperava que isso não fosse um empecilho para Jaque. Mas talvez fosse melhor se fosse. Ele ainda não conseguia decidir.

A mensagem estava pronta e ele clicou em enviar antes de dar para trás.

Se você não estiver ocupada, gostaria jantar nesta sexta-feira?

Ele encarou a mensagem com descrença. Ele realmente teve coragem de enviar. Sua mão tremeu ainda mais quando a mensagem foi mostrada como lida. Ele prendeu a respiração, mas nada aconteceu.

Ainda assim, ele esperou, olhando para a tela, tentando adivinhar no que Jaque estava pensando. Ela estava ocupada demais para responder? Ela ficou ofendida e tentou pensar em uma maneira de fazê-lo recuar? Ela responderia?

Claro, onde você quer ir?

A mensagem apareceu na sua tela como um milagre e o alívio invadiu Simon, rapidamente seguido pela constatação horrorizada de que ele tinha realmente convidado uma mulher para um encontro.

Comida vietnamita em Crystal Palace ou peruana em Peckham? Ele respondeu, incluindo os links com as duas avaliações.

Demorou um pouco para ele receber uma resposta, presumivelmente porque Jaque estava lendo as avaliações.

Peruano às 19h? Ela finalmente respondeu.

Simon soltou a respiração. Ele não tinha percebido que tinha voltado a prendê-la. Então todo o seu corpo virou geleia. Ele tinha feito isso. Ele realmente foi lá e fez.

Jaque ficou emocionada porque Simon tomou a iniciativa e a convidou para sair. Seu último encontro fez com que ela decidisse recuar para colocá-lo sob menos pressão. Por isso a mensagem dele foi uma agradável surpresa.

Ela tinha feito o seu melhor para se vestir para um encontro e não parecer uma detetive. Deixar os cabelos soltos, usar um vestido, e um pouco de maquiagem. Tinha esperanças de estar bonita, mas sem exageros, ela pensou, enquanto desacelerava para examinar a si mesma no vidro escuro de uma janela de banco. Simples, mas elegante, ela decidiu, e suficiente para um restaurante que o crítico havia descrito como acolhedor.

Simon já estava do lado de fora, andando para frente e para trás na entrada, em plena visão de uma câmera de vigilância. O restaurante ficava na rua principal de Peckham, que tinha dezenas de câmeras, então não foi necessariamente deliberado. Jaque verificou seu relógio. Eram cinco para as sete.

"Espero não ter feito você esperar", disse ela enquanto se aproximava.

O rosto de Simon iluminou-se com um sorriso que vacilou ligeiramente quando um lampejo de medo o atravessou.

Jaque estendeu a mão para pegar a de Simon, e apertou-a brevemente antes de soltar, observando o tremor dele. Então ele estava nervoso, mas escondendo muito bem.

"Vamos lá para dentro?"

"Sim", disse Simon, parecendo um pouco ofegante.

Mas ele também parecia mais feliz do que Jaque já o tinha visto antes, o que também fez com que ela se sentisse bem. Uma garçonete muito jovem os levou para uma mesa perto da janela, que dava na rua. A mesa estava iluminada pelo brilho dourado do sol que se punha lentamente, e Jaque sorriu para ela, claramente satisfeita. Parecia que eles estavam recebendo a melhor mesa daquele pequeno restaurante estreito, de paredes pintadas de laranja, e decoração de cactos.

"Volto com os cardápios", a garçonete disse e se afastou.

"Acho que ela gosta de você", disse Jaque com um sorriso, enquanto se sentava na frente de Simon.

"O quê?", ele disse, parecendo surpreso.

"Você é bonito", disse Jaque com uma risada. "Você não sabia disso? Foi a primeira coisa que me atraiu em você, e obviamente o que a garçonete também notou. E pelo que Sarah me disse, todas as mulheres do escritório", Simon corou, o que fez Jaque rir. "Nunca ninguém te disse isso?"

"Pode ter sido mencionado antes. Mas não acreditei. Você está muito bonita hoje também."

"Obrigada. Não esqueci que você disse que eu era atraente quando estávamos em Brighton. Essa foi a minha primeira pista de que você não era totalmente indiferente a mim."

"Parece que foi há muito tempo."

"Outro mundo. Tanta coisa aconteceu desde então. Incluindo minha irmã, que teve bebê. Agora tenho uma sobrinha muito fofa."

"Parabéns!", disse Simon, com um leve sorriso, que fez parecer que ele realmente estava falando sério.

Ou talvez fosse simplesmente educação e nada mais. Mas aquilo fez Jaque se perguntar se ela poderia, ou se nunca iria apresentar Simon para o resto da sua família. Sua tia já havia contado à mãe tudo sobre o estranho alto, moreno e bonito que Jaque levou para Brighton. Suas palavras, é claro. Aquilo fez com que toda a família a provocasse, e rendeu um interrogatório mais completo da sua mãe. Mas era muito cedo para conversar sobre esse tipo de coisa com Simon.

"Como foi seu dia?"

"Bom", Simon disse, mais monossilábico do que o habitual. Ele sabia disso também, porque parecia que estava tentando pensar em mais alguma coisa para dizer. "Não vamos contratar um substituto para cobrir a licença de Sarah."

"E você?"

"Não vou gerenciar o time. Vamos todos trabalhar mais."

"Típico! Temos que lidar com o mesmo tipo de merda na polícia. Sempre mais trabalho e menos orçamento. Eu só queria que uma vez na vida eles nos dessem mais dinheiro e contratassem mais oficiais. Minha unidade está sofrendo terrivelmente com a falta de pessoal."

"Ah é?"

Jaque acenou com a mão para descartar o assunto.

"Isso me deixa muito irritada, e não foi por isso que saímos hoje. Não vamos discutir políticas."

"Nem trabalho, no geral", murmurou Simon.

"Nem trabalho", Jaque concordou, e abriu espaço para a garçonete depositar seus pratos. Duas porções muito impressionantes de ceviche de frutos do mar com *leche de tigre*. "Uau, isso parece ótimo!"

Simon assentiu, mas parecia mais preocupado com a comida havia sido servida em um copo geralmente reservado para sorvete, enquanto pegava seu garfo e cutucava uma perna de polvo pendurada para fora.

"Está delicioso!", Jaque disse depois que ela provou um pedaço de peixe encharcado de molho. "Ácido, mas delicioso."

"Ok", Simon disse e enfiou a colher, hesitante, num bocado com um pedaço camarão.

Jaque deixou que ele se concentrasse e tomou um gole do coquetel de tequila que ela escolheu. Enquanto saboreava comida, ela tendia a parar de falar. E aquilo foi perfeito, e apenas o que ela precisava para terminar o que tinha sido uma semana tranquila.

Após o angustiante caso de assassinato de crianças, Jaque tirou a semana de folga. Toda a equipe precisou de tempo para se estabilizar e superar o caso. Jaque até aceitou a terapia que tinha sido oferecida aos que trabalharam no caso.

Muitas vezes, era visto como uma questão de orgulho dizer que você não precisava de tratamento. Detetives durões. Às vezes, ela também se perguntava se o aconselhamento ajudava ou piorava, fazendo com que você demorasse mais tempo em experiências horríveis que deveriam ser esquecidas.

No final, ela aceitou o aconselhamento. A mulher que a atendeu era tranquilizadora e profissional. Era exatamente o que Jaque precisava. Se ela tivesse mostrado muita empatia, Jaque poderia ter explodido em lágrimas. Darren disse o mesmo quando voltou para o escritório após sua sessão.

Pensar no aconselhamento a fez olhar de volta para Simon. Ela pensou na merda que sua vida deve ter sido para ele precisar de tantos anos de aconselhamento. Não era uma pergunta que ela ia fazer. As pequenas coisas que ele contou a ela sobre seu passado, e a maneira como ele levava sua vida, mostravam que ele era um homem que ainda tinha muitos problemas. Problemas demais.

Quando eles se conheceram, Jaque suspeitou de Simon e do seu passado. Um namorado com ficha criminal era indesejável, para dizer o mínimo. Isso não a incomodava mais, mas o dano emocional dele tornou-se uma preocupação.

Ela conheceu muitas vítimas traumatizadas do crime, algumas delas sofreram só uma vez, outras sofreram anos de violência ou abuso psicológico que as tinha marcado profundamente. Poucos deles foram capazes de simplesmente seguir em frente.

Superficialmente, Simon tinha seguido em frente. Quando se tratava de trabalho, ou de cotidiano, parecia que ele estava indo bem. Relacionamentos, por outro lado, eram tão assustadores que ele nunca tinha tido um até agora. Ela não tinha certeza se estava pronta ou disposta a lidar com esse tipo de dano.

"Isso estava ótimo", Jaque deixou de lado suas preocupações quando terminou o último tantinho do ceviche e limpou o molho com um pedaço de pão. "Parece que você também gostou", disse ela, notando que Simon também tinha limpado o prato, para variar. "Sobremesa?"

"Claro", disse Simon.

"Então... você está feliz por ter vindo?"

"Muito feliz. Esta comida peruana é incrível, e muito diferente. Estou feliz por você ter descoberto, e principalmente por termos vindo juntos."

Simon sorriu. Ele parecia mais confiante e relaxado.

"Acho que vou querer o pudim de três leites."

"Parece muito doce", disse Jaque, lendo os ingredientes, "Caramelo e leite condensado com creme. Eu acho que vou escolher algo menos carregado de açúcar. Eu não sabia que você gostava assim de doces. Deveríamos ter tomado sorvete em Brighton."

"Eu não comia doces quando criança, talvez eu esteja compensando agora", Simon disse, como se estivesse se referindo a uma infância perfeitamente normal com pais excessivamente conscientes.

"Imaginei. E pensando bem, eu me lembro que você comeu a manga toda do arroz doce tailandês."

"Aquilo estava muito bom."

Jaque assentiu, e se perguntou se foi por esse motivo que Simon estava tomando suco de frutas e não um coquetel. Apenas porque ele gostava de doces ou porque ele estava preocupado em perder o controle se ficasse bêbado?

"Isso foi bom", disse Jaque enquanto eles caminhavam de volta para a estação de trem no meio das multidões noturnas que haviam se acumulado, prontos para festejar a noite toda. "Você gosta de andar de mãos dadas?"

Simon olhou para ela, surpreso.

"Sem pressão. Se você não está pronto para isso, não se preocupe."

Simon assentiu, então estendeu a mão, com a palma para cima. Houve apenas um ligeiro tremor no gesto. Jaque sorriu para ele, e colocou a mão sobre a dele, enrolando os dedos em torno de sua palma. Ele só hesitou uma fração de segundo antes de fazer o mesmo.

A pressão da mão quente de Simon era tão agradável e tão perturbadora que o burburinho dos transeuntes desvaneceu da consciência de Jaque. Parecia que eram só os dois, passeando como amantes. Foi um gesto tão pequeno, mas ainda assim a coisa mais íntima que Jaque já tinha experimentado.

Sim, tinha que ser amor. O negócio real, a coisa que ela nunca tinha sentido com nenhum desses caras fáceis, casos de uma noite, grandes vencedores, atletas, caras que estavam dispostos a beijar e fazer sexo no primeiro encontro. Como isso poderia ser possível?

A estação apareceu cedo demais para Jaque e ela lamentou o fato de eles terem que se soltar para passar pelas catracas. Então eles entraram no foyer lotado que levava às escadas para as diferentes plataformas.

"Acho que é aqui que nos despedimos", disse Jaque, tristemente, enquanto puxava Simon para um canto mais silencioso, fora do fluxo de passageiros.

Ela ia para um lado e Simon para outro lado.

"Sim, acho que sim. Manda uma mensagem quando chegar em casa."

"Mando. E você faz o mesmo."

"Eu?"

"Claro, ou você acha que eu não vou me preocupar com o meu namorado?", disse Jaque, sentindo-se ousada, pegando as duas mãos de Simon.

Eles estavam tão perto um do outro que ela podia sentir o calor do seu corpo.

"Você ficaria bem com um beijo de despedida?"

Simon se inclinou e um olhar de pânico brilhou em seu rosto, mas então ele deu um leve aceno de cabeça.

Jaque se inclinou para frente, levantando a cabeça enquanto o mundo ao seu redor parava novamente, e tudo o que ela podia ver era a bochecha de Simon. Ela deu-lhe um leve beijo na bochecha antes de se inclinar para trás, olhando-o nos olhos e beijando-o nos lábios. Lábios suaves e quentes, ela não conseguiu resistir. Ela o beijou uma vez, e depois novamente, por mais tempo. Sua língua avançou, correndo ao longo do espaço entre seus lábios inflexíveis.

"Pare!", disse Simon e a afastou.

"Simon, eu sinto muito. Fui longe demais?", Jaque ficou horrorizada com o quão pálido ele ficou e pegou sua mão.

"Eu não posso fazer isso", disse Simon com uma voz estrangulada, lágrimas enchendo seus olhos enquanto ele afastava a mão dela. "Eu realmente não posso fazer isso!", então ele se virou e correu.

"Simon!", Jaque gritou, se sentindo estúpida.

Por que ela tinha sido tão impaciente? O que ela tinha feito agora? Ela tinha que se desculpar.

Jaque correu até as escadas, procurando por Simon. Então ela congelou. Ele estava encostado na parede mais distante, com as mãos apoiadas, vomitando. Ele parecia miserável, e ela temia que se ela tentasse ir até lá para ajudar, ele se sentiria pior.

Jaque se afastou e se dirigiu para sua plataforma. Ela se lançou em um dos bancos de metal e olhou para o céu. Ela arruinou o que poderia ter sido uma noite maravilhosa.

Claro, Simon estava mais tenso do que o habitual, mas era a primeira vez para ele. Se eles tivessem se despedido em boas condições, ele conseguiria ver que tudo estava bem e eles provavelmente continuaram avançando em direção a um relacionamento.

Mas agora? Agora ele tinha tido uma reação extremamente negativa a uma coisa tão simples. Apenas um beijo. Ele estava tão assustado que ela se preocupou com a possibilidade daquele relacionamento ter sido interrompido de vez.

21

"É DIFÍCIL ACREDITAR QUE o verão está quase no fim.", disse Jaque enquanto ela batia uma garrafa de cerveja contra a de Darren.

Ela estava em uma de suas cadeiras de jardim de plástico, no churrasco anual da polícia. Várias crianças animadas se perseguiam enquanto os adultos conversavam. A esposa de Darren montou uma fogueira no fim do jardim, e habilmente assava salsichas de porco e coxas de frango, de vez em quando entregando uma a um convidado que esperava.

"Férias de agosto, quando parece que o verão nunca vai acabar, mas você sabe que está passando rápido."

Darren se inclinou para trás em sua cadeira e tomou um profundo e satisfatório gole de cerveja.

"Hmm."

"Achei que realmente te veria aqui com um homem este ano."

"Simon?"

"Você estava passando muito tempo com ele..."

"Não o vejo nem tenho notícias dele há duas semanas."

Darren parecia surpreso, o que Jaque interpretou como uma vitória. Normalmente, ela não conseguia passar despercebida pelo detetive veterano, fosse por coisas relacionadas ao trabalho ou à sua vida privada.

Jaque esperou por uma pergunta, mas Darren não era do tipo de bisbilhoteiro. Além disso, ele era um excelente interrogador e deixava a outra pessoa preencher o silêncio.

Como Jaque estava enlouquecendo tentando descobrir o que ia acontecer com ela e Simon, ela disse: "Eu tenho tentado decidir se é melhor deixá-lo em paz, ou tentar contato novamente. Nós não nos separamos da melhor maneira possível."

"Ah, é?"

"Eu o beijei e ele surtou."

"Consensual?"

"Basicamente", disse Jaque, contorcendo-se. "Ele concordou com um beijo, mas pode ter sido mais intenso do que ele estava esperando. Eu não deveria ter feito isso, embora sua reação tenha sido extrema."

Darren assentiu com a cabeça.

"Eu o investiguei depois que você começou a frequentar a casa dele. Eu estava preocupado com o passado dele."

"Ele estava certo sobre isso. Sempre vai haver uma nuvem de suspeita pairando sobre ele."

"Você sabia que o pai dele não só o usava para atrair mulheres, mas também forçava o garoto a assistir enquanto ele estuprava e assassinava as mulheres?"

"Sim, também dei uma olhada nos arquivos", aquela informação tinha feito Jaque sentir enjoada. E agora ela temia ter desencadeado uma memória traumática com aquele beijo. "Que pai imbecil."

"Gregory Black disse a seu filho que ele era um cúmplice porque ele ajudou a atrair as mulheres e depois viu tudo", disse Darren, olhando para o gramado verde-brilhante e para os convidados felizes. "E o nosso sistema legal praticamente concordou. Se bem que considerando o passado de Simon, talvez tenha sido melhor para ele e para todos ele ter sido ajudado a conquistar uma vida normal e não só jogado na sociedade."

"Concordo. Eles fizeram um bom trabalho com qualquer que tenha sido a terapia que fizeram com ele. É realmente surpreendente que ele tenha se tornado um cara tão normal."

"Sim", Darren parou, esperando que as crianças brincando saíssem de perto enquanto o cachorro da família animadamente latia para elas. "De acordo com a informação que recebi, o seu homem sofre de ansiedade e depressão extremas. Ele estava sempre nervoso e aterrorizado na instituição onde cumpriu pena. Talvez tenha sido pelo terrorismo que seu pai fez sobre o que aconteceria com ele na prisão, então ele acabou não se misturando com ninguém."

"Talvez tenha sido a melhor escolha, e ele mesmo me disse isso. Ele acabaria tendo os amigos errados."

"E ele teve sorte porque uma dessas instituições beneficentes de artes percebeu que ele desenhava muito bem. Ele conseguiu três anos de aulas intensivas de arte junto com toda a terapia enquanto estava preso e sendo avaliado. Depois que foi determinado que ele não seria uma ameaça para a sociedade, a caridade o colocou na faculdade de artes, mas ele foi supervisionado de perto o tempo todo. Depois disso, para surpresa de todos, ele conseguiu um emprego naquela agência de publicidade e tem vivido uma vida respeitável desde então."

"Ele até comprou um apartamento."

"Que foi comprado e totalmente pago", disse Darren, dando a Jaque um sorriso presunçoso, porque ele sabia que ia surpreendê-la.

"Sério, pago? Totalmente? Como? Quero dizer, o trabalho dele não é na gerência. O salário não pode ser tão bom, mesmo que ele mal gaste dinheiro, o que eu acredito que seja o caso, porque, bem, no que ele gastaria? Aquele apartamento não pode ter sido barato."

"Ele tem um trabalho paralelo."

"Ele nunca me disse isso."

"Ele não está acostumado a conversar, está? Mas eu fiquei curioso quando vi a casa dele. Minha Brenda gosta muito de decoração de interiores."

"Não precisa me dizer isso."

Jaque estava muito familiarizada com a obsessão de Brenda, que levou a uma casa exageradamente bem-feita com pilhas de revistas de interiores no banheiro.

"Então percebi que a casa de Simon tem muitas coisas de boa qualidade, e caras."

"E um bom policial sempre sabe seguir o dinheiro. Se você não tivesse mencionado o trabalho paralelo, minha suspeita seria uma herança. Gregory Black também era dono da própria casa, não era?"

"Esse foi meu primeiro palpite. Mas acontece que Simon doou todo o dinheiro da propriedade de seu pai para um abrigo de mulheres."

"Bom, entendo seus motivos", Jaque não podia imaginar viver do dinheiro de um serial killer, mesmo que suas circunstâncias fossem terríveis. "Então, como ele ganha dinheiro?"

"Vendendo suas pinturas."

"Suas enormes pinturas de céu?"

"Dez mil cada."

"Meu deus! Dez mil libras por um quadro?", Jaque pegou o resto de um pão com salsicha e mordeu.

"E ele vende mais ou menos uma por mês."

"Isso é muito dinheiro. Deve ter mais gente do que eu achava precisando de terapia celeste."

"Hm?"

"Nada", Jaque acenou, dispensando o assunto, depois colocou o resto do pão na boca e mastigou meditativamente. "Então ele está realmente bem na vida. Exceto em uma área. Ele não tem amigos."

"Ele provavelmente não tem habilidade para isso. Fazer amigos é algo que você aprende enquanto criança. Provavelmente fez bem para ele ter você invadindo a vida dele. É a única maneira de ele fazer amigos, e a maioria das pessoas não está disposta a fazer esse esforço."

Jaque deu uma risada cínica.

"Meus motivos não eram exatamente puros."

"Talvez não, mas ele te fez bem também, sabe?"

"Fez?", Jaque ficou tão surpresa que sua mão congelou no meio do caminho levando uma garrafa de cerveja para a boca.

"Você se tornou uma policial mais compassiva, o que é bom. E pessoalmente, você tem estado mais relaxada, mais feliz, e um pouco mais positiva. É bom ter um namorado."

"Espera um momento. Nós somos super platônicos. Quero dizer, super, super platônicos. Nada aconteceu."

"Mas você se sente melhor consigo mesma, e lidou melhor com nossos casos também, não é?"

Jaque nem sequer tinha considerado o assunto, mas olhando para trás, ela teve que admitir Darren estava certo.

"Merda!"

"E então, o que você vai fazer sobre isso agora?", Darren perguntou, e parecia um desafio.

Simon estava na frente da sua tela de pintura. Ele puxou a cortina do seu quarto para ter uma visão clara do céu. Ele não estava particularmente interessante hoje, apenas alguns fios finos de linhas brancas macias contra um azul sólido. Estava tudo bem. Ele geralmente pintava a partir de imagens e fotos que tirava com o celular, focando em qualquer coisa que o fizesse se sentir relaxado ou que pudesse ficar bem em uma tela gigantesca. A tela grande era uma obrigação. Era a única maneira de fazer justiça à majestade do céu e das nuvens.

Mas seu coração não estava naquela pintura hoje, e ele tirou a tela de cima de outra que estava por baixo, olhando para ela. Era uma foto de Jaque, dormindo no sofá-cama. Ele quase nunca pintava pessoas, exceto para o trabalho, mas não conseguia parar de trabalhar nisso. Enquanto seu pincel escorregava ao longo da tela, ele se perguntava sobre Jaque.

O beijo veio como um choque e ele reagiu por instinto, correndo e se escondendo. Mas depois que ele superou o pânico, as perguntas começaram a se acumular. Ela realmente gostava dele? Ela disse isso, mas era verdade?

Era isso que o beijo significava, não era? Era mesmo? As pessoas pareciam achar beijos super casuais no local de trabalho. Mas na bochecha, nunca nos lábios.

Sua mente continuava voltando para aquele momento e para o mesmo impulso de emoções que ele tinha sempre que tocava em alguém, mas especialmente mulheres. Dra. Nobel tinha dito a ele que o toque era uma necessidade humana básica, que crianças que nunca receberam amor, e nunca eram abraçadas, acabavam morrendo de tristeza. Ele entendeu isso. Mas o toque foi difícil porque trouxe lembranças terríveis.

Exceto por duas vezes. O dia em que Jaque pegou sua mão no telhado e o beijo. Mesmo com náuseas, ele não conseguia bloquear o momento da sua memória e às vezes tudo o que vinha à sua mente era o calor de seus lábios e a suavidade trêmula de sua língua enquanto pressionava sua boca. Ele queria desesperadamente que ela o beijasse novamente.

Ele também esperou por ela. Ele tinha certeza de que ela iria ignorar tudo o que ele tinha dito e aparecer com comida, entrando na casa dele como se nada tivesse acontecido. Mas um mês se passou desde a noite do beijo, e não havia sinal de Jaque. Ela também não lhe devolveu a chave, e ele agarrou-se a este fato como um sinal de esperança, que diminuía com o passar do tempo.

Suas últimas palavras para ela foram para deixá-lo sozinho. Parecia que ela estava seguindo sua ordem. Um mês inteiro! Ele nunca tinha se sentido tão solitário ou tão sozinho na vida.

Pelo menos ele aprendeu uma coisa com essa separação. Ele não queria perder Jaque. Como foi ele quem disse a ela para ficar longe, ele teria que fazer o primeiro movimento, uma vez que ela tinha claramente decidido que tinha que atender ao pedido dele, que foi feito a gritos.

Pela centésima vez, ele pegou seu telefone e olhou para o texto que havia escrito semanas atrás. Seu dedo pairou sobre o botão de enviar, tremendo. E se ela nunca respondesse?

"Covarde", ele murmurou e apertou o botão. A mensagem foi enviada com um som suave.

Você está bem?

Engraçado como ele agonizou por essas três palavras, preocupado que elas dissessem demais, não dissessem o suficiente, ou fossem muito vagas, mesmo que ele tivesse escrito e reescrito a maldita mensagem, deixando-a às vezes mais longa, às vezes mais curta.

Sua mão estava tremendo mais forte agora enquanto ele segurava o telefone, olhando para o pequeno balão enviado. Ela responderia?

Lida. Jaque tinha lido a mensagem. E agora? Ele não conseguia desviar o olhar. E se ela o deixasse depois de ler? O que, então? Ele teria que aceitar que tinha estragado a sua única hipótese de amizade ou mais que amizade?

Não era eu quem deveria estar te perguntando isso?

O alerta de mensagem recebida o fez pular, e ele teve que ler a pequena bolha brilhante três vezes para acreditar. Ela respondeu, e fez uma pergunta. Agora ele tinha uma desculpa para mandar a ela outra mensagem.

Estou bem. Não era o suficiente, mas sua mente estava em pânico, animada e vazia. *Sinto sua falta.*

Simon pressionou enviar antes que tivesse tempo de se arrepender e, em seguida, amaldiçoou a si mesmo. Foi demais. Muito pegajoso.

Você está em casa?

É fim de semana, claro que estou em casa.

Cada mensagem o deixava ansioso, preocupado que uma palavra errada acabasse com tudo, desesperado para não cometer um erro, e ainda assim, sua última mensagem tinha sido estúpida.

Não vá a lugar nenhum, Jaque respondeu, *estou chegando.*

Simon piscou para o telefone. Típica Jaque, uma mulher de ação. Graças a Deus.

22

Demorou tanto para Jaque chegar à casa do Simon que ela estava praguejando com impaciência. Além disso, mesmo pedindo comida pelo telefone, e precisando de uma hora para atravessar Londres, a maldita comida não estava pronta quando ela chegou.

Jaque conferiu seu celular pela centésima vez durante o trajeto. Simon não respondeu. Felizmente porque ele estava pacientemente esperando em casa.

Finalmente a comida ficou pronta, e Jaque tirou o saco das mãos do homem, correu todo o caminho até Simon, e pulou dois degraus de uma vez no prédio dele, perdendo o fôlego de forma que no último andar, precisou dobrar o corpo para a frente para se recuperar.

A luz diretamente acima da porta de Simon estava acesa. Isso deu a Jaque um frisson de prazer. Simon estava esperando por ela.

Mas apesar disso, ela tocou a campainha e tentou acalmar as borboletas no seu estômago enquanto esperava. A luz da câmera acendeu, então ela fez o habitual: segurou a comida e sorriu. Ela esperava não parecer muito brega.

"Você não trouxe sua chave?", Simon perguntou enquanto abria a porta.

"Claro que sim, mas considerando como nos separamos da última vez e o tempo que passou...", Jaque deu de ombros. Não havia necessidade de dizer mais, especialmente porque Simon parecia estar no limite. Coube a ela fazê-lo relaxar. "Eu trouxe kebab. É o tipo de comida que me conforta, e suspeitei que você precisaria. Você perdeu peso novamente."

A cintilação de um sorriso estremeceu os lábios de Simon e ele deu um passo para trás, acenando com um braço para ela entrar. Jaque suspirou de alívio e sorriu para ele enquanto se guiava para dentro.

"Você gosta de kebab? Eu deveria ter perguntado antes de comprar. Mas tive o cuidado de escolher os sabores menos ofensivos que consegui pensar."

"Menos ofensivos?", Simon disse, indo para a cozinha para pegar dois de seus maiores pratos.

"Frango, e não cordeiro e com o molho de pimenta a parte."

Jaque sentiu que estava divagando. Ela estava frustrada consigo mesma, mas não conseguia pensar em mais nada para dizer. Eles iam fingir que não aconteceu nada na Estação Peckham?

"Gosto tanto de kebab de frango quanto de cordeiro", disse Simon, e entregou a Jaque um copo para a sua cerveja, colocou um na frente do próprio prato e sentou-se, olhando com expectativa para Jaque.

Cara, aquilo foi difícil. Jaque não se sentia tão nervosa desde a primeira vez que ela ligou para um *crush* para convidá-lo para o baile da escola. Ela jogou seu kebab no prato e derramou metade do molho de pimenta sobre ele, e assistiu Simon fazer o mesmo.

"Desculpa pelo... que eu fiz da última vez."

Jaque sentiu que Simon precisava de um pedido de desculpas, mas também estava preocupada que ele pudesse não aceitar bem ao ser lembrado. Sua mão tremeu, e ele colocou o kebab no prato e deslizou as duas mãos para o colo. Era o que ele sempre fazia para esconder seus nervos. Talvez ela devesse ter esperado antes de dizer alguma coisa. Talvez ela não devesse ter trazido o assunto à tona. Não, aquilo estava pairando sobre eles, tornando as coisas estranhas.

"Pensei muito sobre isso...", disse Simon com uma voz tensa. "Eu exagerei na reação."

"Você agiu por instinto com algo que te assustou. Não precisa se desculpar."

"A questão é... como você sabe, eu acho muito difícil tocar as pessoas. Especialmente as mulheres", disse Simon, olhando para cima. "Eu pensei que tinha me preparado, e que estava pronto. Mas naquele momento...", Simon parou, balançando a cabeça.

Sua expressão agonizante era difícil de enfrentar.

"Está tudo bem. Podemos ir com calma, ser amigos."

"Não!", Simon surpreendeu Jaque com a veemência na voz. "Eu não quero ser relegado ao status de amigo. Eu quero... Eu ainda estou fazendo terapia. Ela disse que eu posso superar minha fobia desde que eu realmente queira."

"E você quer?", Jaque disse, primeiro para ajudar Simon a dizer mais, e segundo porque ela realmente queria saber.

"Eu tinha parado com a terapia já fazia um tempo. Cheguei a uma fase da minha vida em que me sentia bem. O trabalho estava bem e nada mudava. Por isso parei de ir. Mas agora... agora tenho algo realmente importante para trabalhar."

Ser chamada de realmente importante tranquilizou Jaque, e ela se sentiu relaxada.

"Ok, vamos com calma e deixamos sua terapeuta nos guiar. O que você acha?"

"Bom", disse Simon e finalmente deu a Jaque um sorriso meio decente. "Tenho uma coisa para te mostrar", disse ele enquanto se levantava.

"Sério? Aqui?"

"Sim, vamos lá."

Simon correu para o seu quarto, deixando a porta aberta para ela seguir. Foi a primeira vez. A mente de Jaque fervia de especulação. O que será que significava o fato de Simon convidá-la para seu santuário interior? 'Garota, vai com calma', ela pensou. 'Não se empolgue'.

"Ah, seu cavalete, eu deveria ter imaginado que ficava aqui", disse Jaque, seguindo Simon, que tinha caminhado para a grande janela com as mesmas cortinas que ele tinha na sala de estar. Simon tinha montado o cavalete para ter uma boa visão do céu, também igual tinha feito na sala de estar.

"Tenho pintado uma coisa diferente...", disse Simon e acenou com a mão para a tela gigantesca.

"Uau", Jaque suspirou.

O topo da imagem tinha uma representação da cortina que parecia uma nuvem, ondulando para dentro, com a luz dourada tocando nela e a parede atrás, mas o terço inferior era o sofá verde-oliva com uma mulher enrolada sobre ele, envolta em um cobertor verde macio que se fundia nas cores do sofá, seu cabelo caía no rosto obscurecendo sua feição.

"Sou eu!"

"Estava vendo as imagens de segurança quando vi esta cena e não consegui resistir. Espero que não se importe."

"Estou muito lisonjeada, na verdade. Ninguém nunca me pintou antes, menos ainda em uma tela tão enorme. Você não vai vender essa, vai?"

Simon olhou desconcertado por um segundo e balançou a cabeça.

"Como você sabe?"

"Darren... você se lembra do D.I. com quem trabalho? Ele tem o hábito de checar todos os meus namorados. Ele me disse que você vende seu trabalho."

Jaque não conseguia tirar os olhos da pintura. Era realmente linda. Ela teve dificuldade em conciliar aquela beleza toda com sua própria imagem de si mesma. Então os dedos de Simon roçaram sua mão e ela olhou para baixo. Ele parecia que queria segurar a mão dela, então ela a abriu e a virou para cima convidativamente.

"Não me deixe, Jaque", disse Simon, segurando sua mão e a apertando.

"Não vou a lugar algum", disse Jaque, sorrindo para ele.

Simon olhou para ela, com felicidade, nervoso, e algo que parecia uma crescente determinação no rosto. Ele apertou sua mão e se inclinou para baixo, beijando Jaque nos lábios.

"Vou trabalhar para melhorar", ele murmurou.

Então, como se o primeiro beijo tivesse dado a ele coragem, ele se inclinou para um beijo mais longo e suave e Jaque passou os braços ao redor da cintura dele suavemente.

"Juntos, seremos capazes de superar tudo."

--- · ---

23

SOBRE A AUTORA

MARINA PACHECO É UMA escritora compulsiva de ficção histórica, romances doces, ficção científica e romances de fantasia, assim como contos. Ela escreve romances de leitura fácil, que causam bem-estar e são perfeitos para uma viagem de trem ou para se enrolar nas cobertas em um dia chuvoso. Ela atualmente vive na praia, nos arredores de Lisboa, depois de passagens por Londres, Joanesburgo e Bangkok, o que parece muito mais glamouroso do que realmente é.

Sua ambição é publicar 100 livros. E está demorando consideravelmente mais do que ela esperava! Descubra mais sobre o trabalho Marina Pacheco, e faça o download de brindes no seu site:

Receba atualizações das atividades de escrita de Marina Pacheco, prévias antecipadas de capas e primeiros capítulos, contos e brindes. Patronos são citados na página de agradecimentos e a chance darem seu nome um dos personagens do livro!

Acesse:

E-mail: hi@marinapacheco.me

24

— · —

Outros livros de Marina Pacheco

CONHEÇA TODOS OS MEUS livros aqui:

    * A lista contém os títulos originais dos livros que ainda não foram traduzidos para português.

Imagem
1410152860

FICÇÃO HISTÓRICA MEDIEVAL ePub, brochura e capa dura.

Fraternity of brothers, *Life of Galen*, Livro 1 – Expulso por um crime cometido contra ele, seu futuro parece sombrio. Até que um visitante inesperado lhe dá esperança de justiça. Uma luta pela aceitação, absolvição e amizade na Inglaterra anglo-saxã.

Comfort of Home, *Life of Galen*, Livro 2 – Com a inocência provada, ele volta do exílio. Será que ele vai conseguir recuperar tudo o que perdeu? Um conto de amizade e retorno a uma família que ele pensava ter perdido, ambientado na Inglaterra anglo-saxã.

Kindness of Strangers, *Life of Galen, Livro 3* – Presos em uma terra atormentada por Vikings, só um pequeno milagre pode ser tudo que eles precisam para sobreviver? Um conto de milagres, traição e amizade sob o cerco viking.

The King's Hall, *Life of Galen, Livro 4* – Como se a encomenda de um livro para reverter o Apocalipse não fosse suficiente, intriga e romance ameaçam destruir tudo em que ele passou a confiar. Amizade, amor e intriga na corte do Rei Aethelred, o Despreparado.

Restless Sea, *Life of Galen, Livro 5* – Justo quando eles pensaram que poderiam voltar para casa, são empurrados para uma aventura no mar. Uma jornada que testa os laços de amizade.

Friend of My Enemy, *Life of Galen, Livro 6* – Capturados por um inimigo implacável, seu futuro parece sombrio. Será possível escapar?

Road to Rome, *Life of Galen, Livro 7* — Uma viagem por um continente turbulento. Será que Galen encontrará as respostas que procura?

Eternal City, *Life of Galen, Livro 8* — Galen e Alcuin mergulham nos segredos da corrupta e decadente cidade de Roma Medieval.

AUDIOLIVROS narrados por Jacob Daniels
Fraternity of Brothers *Life of Galen, Livro 1*
Comfort of Home, *Life of Galen, Livro 2*
Kindness of Strangers, *Life of Galen, Livro 3*
The King's Hall, *Life of Galen, Livro 4*

ROMANCE HISTÓRICO: ePub, brochura, capa dura e audiolivros com narração por IA Sanctuary, *um doce mistério medieval* – Ele precisa de abrigo. Ela quer uma saída. Será que o corajoso movimento de proteção dele arriscará os dois corações? Um conto otimista de redenção com personagens emocionantes e emoções boas.

The Duke's Heart, *um doce romance vitoriano* – Seu corpo pode ser fraco, mas seus sonhos não conhecem limites. Será que ela será a resposta para as orações dele? Um duque com deficiência, uma mulher forte e determinada, e uma relação construída lentamente.

Duchess in Flight, *um romance ousado* – Ela está fugindo de um inimigo mortal. Ele vive nas sombras da verdade. Quando suas vidas se fundirem, sua batalha pela sobrevivência levará ao amor? Um herói relutante, uma mulher e seus filhos em perigo, uma perseguição até a morte.

What the Pauper Did, *um romance de troca de corpo misteriosa* – Como você se define? Pela sua aparência, suas memórias, ou sua alma? Intriga, assassinato e romance, em uma Lisboa alternativa de 1770.

ROMANCE CONTEMPORÂNEO ePub, brochura, capa dura e audiolivros com narração por IA

Scent of Love – Dois perfumistas que são totalmente opostos podem superar suas diferenças e criar uma mistura única? Amor, intriga, e valores conflitantes nas perfumarias de Lisboa.

Terapia Celeste — Uma detetive e o filho de um serial killer. É mais seguro ficarem separados ou eles arriscarão tudo por amor?

FICÇÃO CIENTÍFICA/FANTASIA ePub e brochura

City of Night, *Eternal City, Livro 1* – Perigo ameaçador, uma demonologista, um aprendiz involuntário, uma cidade em uma única torre, um final satisfatório.

CONTOS: ePub, brochura e narração por IA

Living, Loving, Longing, Lisbon – Uma coleção de contos inspirados na cidade de Lisboa, escritos por pessoas de todo o mundo que vivem, visitaram, ou amam Lisboa.

BRINDES: ePub e narração por IA

Curtinhas – Minhas obras mais curtas: futuristas, contemporâneas e históricas.

White Rabbit of Lisbon – Um conto caprichoso. O que acontecerá quando um coelho e um corvo se apaixonarem?

Scourge of Demons – Como você lidaria com seus demônios? Um conto ambientado no mundo da série Life of Galen.

The Greek Gift – Uma pequena história de Natal. Na academia ele a ignorou; será diferente na festa de véspera de Natal?

Christmas Fates – Um conto de Natal. Aurora Dawn está prestes a aprender o verdadeiro significado do Natal e não tem nada a ver com quantas das últimas tendências ela consegue vender.